ハヤカワ文庫SF

〈SF2035〉

宇宙英雄ローダン・シリーズ〈508〉

賢人の使者

マリアンネ・シドウ&クラーク・ダールトン

増田久美子訳

早川書房

7666

PERRY RHODAN
DAS SCHIFF DER AHNEN
ZWISCHENSPIEL AUF KARSELPUN
by
Marianne Sydow
Clark Darlton

Translated by
Kumiko Masuda
First published 2015 in Japan by
HAYAKAWA PUBLISHING, INC.
This book is published in Japan by
arrangement with
PABEL-MOEWIG VERLAG GMBH
through JAPAN UNI AGENCY, INC., TOKYO.

目　次

賢人の使者

登場人物

サーフォ・マラガン
ブレザー・ファドン
スカウティ
……………ベッチデ人のもと狩人

ジョンス……………………………クラン人。賢人の使者
ケロス………………………………同。第十七艦隊ネストの指揮官
ハーサンフェルガー………………同。惑星カーセルプン基地の指揮官
チェルソヌール……………………同。惑星カーセルプンの遭難者

祖先の船

マリアンネ・シドウ

1

ベッチデ人三人が平地にたどりついたとき、なかば砂に埋まった巨大な宇宙船が、奇妙なまるい山のように目の前にそびえていた。砂からのぞいている外被は明るい赤色に輝いている。生まれてはじめて真っ白なクラン人の宇宙船を見て、そこでの生活に慣れようとし、その船でこの惑星に漂着したのは、つい最近のことだ。三人にとって赤色の宇宙船は、その大きさもくわわって印象的な眺めだったのだ。

一瞬、岩のあいだで足がとまった。

目の前に広大な砂漠がひろがっている。みごとなまでの単調さを乱すものは、赤色の宇宙船と、そのまわりにできた砂の吹きだまりしかない。はるか遠くに巨大な砂丘がそびえていたが、ほとんど霧につつまれている。東西にのびている山々は、いまこえてきたものだ。

恒星間の空虚空間もこれほどわびしく殺伐とは見えないだろう。

難破船からなにか出てきた。三人はしばらくその場に釘づけになる。じっと立ちつくし、動かなかった。船を見つめたが、その向こうになにがいるかわからない。

ブレザー・ファドンが両手を高くかかげて叫び、砂埃をあげ、船をめざして走りだした。

それが合図となった。

サーフォ・マラガンとスカウティは、危険をともなう未知の場所で必要な注意をおこたっていた。これからの行動をおたがいに了解することも、必要だと思っていない。なにも考えず、ブレザー・ファドンのあとを追って走りだしたのだ。

ここ数日、なんとかおさえてきた緊張が、ついにはけ口を見つけた。三人は生きのびるために、これまでできるかぎり冷静に行動してきた。それがいま、理性も自制心もかなぐりすてて、発狂した者のように叫んでいる。その向こうにいるかもしれない敵あるいは飢えた獣の注意を、わざとひこうとしているようだった。

〝船〟に向かうんだ!

ほかにはもうなにも考えられなかった。

見えない境界に踏みこむまでは。

ブレザー・ファドンがつまずいて転んだが、サーフォ・マラガンはただ追いぬいただけだ。ブレザーは立ちあがり、よろめきながら数歩歩いた。それから、膝を折って倒れ、叫びながら砂のなかを転げまわっている。

友の狂ったような状態がみずからの意志ではないかもしれないとは、マラガンはまったく考えなかった。ブレザーを追いこして、船にいちばん乗りをはたし、鼻を明かしてやろうと思っていたのも忘れた。ブレザー・ファドンがいまやっていることをすばらしいと思ったからだ。

自分も全速力で走り、倒れて砂のなかを転がり、腕でまわりをたたき、砂埃をさらにたてた。

空をおおう霧を通して、恒星光が一瞬さしこんだ。まわりの砂埃が光る。砂粒が無数の金の星に変わった。サーフォ・マラガンは笑って、砂の渦をますますはげしく勢いづけた。

踊るようにきらめく砂を手で捕まえようとしたとき、スカウティの声がした。

「助けて、サーフォ！　ここから出して！」

その言葉の意味はすぐにわかった。

驚いて立ちあがった。砂粒はまだ光り、きらめきながら空中を舞っている。しかし、もう気にとめなかった。自分たちがいまどこにいるのか、いかに奇妙な行動をしているのかが、いまはっきりとわかったのだ。

罠だ！　砂のなかで、なにかが獲物を待ちぶせている……

狩人の本能が目をさました。

武器が必要だ！

三人とも装備を失っていた。鏡を見ることができなければ、狩りや防御に必要なものをこの惑星で手にはいるものでつくることもできただろう。

砂のなかに飛びこむ前に、みずからすべてを投げすてたにちがいない。弓と矢筒は山をこえてくる途中でなくしたのかもしれない。投げ槍と斧はまだそのへんにあった。サーフォはそれをあわててひろいあげる。

まわりがよく見えるように慎重にわきによった。驚いたことに、地面は思ったほど柔らかくない。砂は表面に薄い衣のように積もっているだけだ。

ブレザーとスカウティを探した。すぐに見つかった。

おたがいに数メートルはなれて横たわっている。まわりの地面は掘りかえされているが、砂埃はだいぶおさまっていた。しかし、ふたりを鉤爪でつかんでいる怪物はまったく見えない。

ベッチデ人ふたりは不気味ななにかにつかまれたまま、それでも身をよじっていた。

ブレザー・ファドンは両腕をからだに巻きつけて、毒でものまされたかのようにのたうっている。スカウティは片手で自分の右足をひっぱっている。もう一方の手は、なにかを背中からはずそうとしていた。

化け物が下から捕まえているのだ。マラガンは、思わず足もとを見た。足の下の砂は動かない。ブレザーとスカウティは叫ぶのをやめている。あたりは不気味なほどしずまりかえっていた。

サーフォ・マラガンは友のところに駆けつけた。なによりも足もとの地面に注意する。薄い砂の層がいきなり崩れて、触手が巻きついてくるかもしれない。そうなったらどうしたらいいか、わからなかった。石斧を手にとって、かまえた。しかし、不気味な敵に斧が役にたつのだろうか。スカウティは斧をまだベルトにさしたままだ。

スカウティはサーフォ・マラガンのほうを見たが、近づいてくる友になにも反応できないらしい。ブレザー・ファドンは目を閉じて横向きに倒れたまま、動かない。

サーフォ・マラガンは槍がとどくくらいまで近づき、これまでどおりに賢く行動しようとしたが、敵は姿を見せないし、物音もたてない。つまり、注意をどこに向けていいかわからないのだ。

ある考えが浮かんだ。

惑星キルクールにはちいさな動物がいる。ちいさすぎて、ベッチデ人ほどの大きさの獲物となると手に負えない。それなのに、狩人が犠牲になることがあるのだ。もしかしたら、それに似たものかもしれない。敵はいまなお砂のなかにいて、嚙みついて毒を出し、ふたりの大きなからだの下から逃げようとしているのだ。

そう考えれば友の行動も納得がいく。見れば見るほど、毒の影響だとはっきりとわかった。ブレザーとスカウティをできるだけ早く、未知の敵の手のとどかないところに運び、介抱しなければならない。

すぐにスカウティのところまで二歩、大股で行ったが、痛みを感じて思わず叫び声をあげた。

このとき、敵は砂のなかにいないとはっきりとわかった。自分が捕まったのは、猛毒を持つ怪物が考えだすよりも、ずっと不気味で陰険な罠だったのだ。

サーフォ・マラガンは焼けつくような痛みを、頭に、胸のあたりに、右の太股《ふともも》に感じた。この出来ごととバーロ痣《あざ》との関連が、はじめて頭に浮かぶ。これまで考えもしなかったことを思いついた。ブレザー・ファドンは臍《へそ》の左右に痣がある。スカウティは、透明に盛りあがったその部分が右足と背中と頸にある。そう考えると、スカウティが声を出さないのもむりはない。

赤色の難破船との距離が同じあたりで、三人ともやられた。説明できない痛みの発作は、なにか船と関係があるのではないだろうか。この疑問がサーフォの頭のなかを駆けめぐる。招かれざる客を遠ざけておく武器があるのではないか。痛みと戦いながらそう考えた。この未知の武器は偶然にバーロ痣に感応するのだろうか。あるいは、その影響に関してまったくべつの事情があるのではないか。

サーフォ・マラガンは痣が焼けつくように痛むのも忘れていた。難破船のもともとの住人が、ソラナーの子孫をなんとか遠ざけておきたいと思ったのではないかと、考えついたからだ。ただそれだけの理由で、こんな武器をつくったのかもしれない。難破船のなかには、もしかしたら《ソル》に関する情報がまだあるのではないか。

サーフォ・マラガンは腕でからだを支えて起こすと、ゆっくりと立ちあがった。ひりひりする痛みはまだあった。しかし、がまんできる。

考えがしだいにまとまってきた。

ブレザーとスカウティが痛みに苦しんだのは、危険に対する準備の時間がなかったからなのだ。ふたりはショック状態だった。その状態からひきもどしたら、痛みがそれほどひどくないとすぐにわかるだろう。

スカウティを助けおこし、難破船のほうにすこし運んだ。それから、こんどはブレザー・ファドンを迎えにいく。自分の体力が万全ではなかったので、目方のある友のわきをかかえて、砂のなかをひきずっていった。

これが偶然にも、正しい治療法だったらしい。ブレザー・ファドンは痛みに苦しむ自分がこんなかたちで運ばれるのは不名誉だと思ったらしく、マラガンが数歩ひきずっただけで抵抗をはじめた。

「はなしてくれ！」その声はかすれていた。「わたしはひとりで……」

マラガンはその場で要求を聞きいれた。あまり急に動きをとめたので、友は砂のなかにどさりと落ちた。ファドンが怒って一回転し、勢いよく立ちあがったとき、砂埃が舞いあがった。

「重傷の友をそんなふうにあつかうのか？」大声で叫んでいる。

サーフォ・マラガンは笑って、目のまわりの砂をぬぐいとった。

「もうよくなったと思ったんだ」からかうようにいった。「まだなにか感じるか？」

「感じる」ブレザーはうなった。「まったく快適というわけじゃない」

「しかし、死んだまねをしなければならないほどひどくもないということか。きてくれ、スカウティが向こうで倒れている」

サーフォ・マラガンは向きを変え、先に立って歩いていった。ブレザー・ファドンは黙ってうしろからついてくる。

スカウティは自分の上にかがみこんだマラガンを見て、目をしばたたかせた。

「しっかりしろ」マラガンは強くいった。「きみが思っているほどひどい状態じゃない。ショックをうけているんだ。そのうちよくなる」

「きみはものわかりのいい医師だな！」ブレザー・ファドンはうなるようにいった。「きみとくらべれば、ドク・ミングさえ思いやりのお手本に思えるよ」

サーフォ・マラガンはその言葉をうけながした。船が巨大な磁石のように、文字どおり自分をひきつける。失った時間を考えると、不安になった。

「もどって、捨ててきたものをすべてひろいあつめるんだ」ブレザーに命令する。

ブレザーははげしく抗議しようとした。しかし、マラガンのグレイの目ににらまれて黙った。おちつかないようすで難破船に目をやる。ためらいがちに、しぶしぶ巨船に背を向けた。

サーフォ・マラガンはブレザー・ファドンが遠ざかるのを待った。

「すまない」スカウティにいった。「しかし、いまのうちに立ちあがってもらわないと困るんだ」

サーフォ・マラガンはスカウティをかかえあげて、立たせた。

「歩け！」強い調子で命令する。

スカウティはふらつき、倒れた。サーフォ・マラガンはそれを支えて、立たせた。そんなことを三回くりかえして、このやり方ではむりだとわかった。

キルクールにいたころ、ショック状態のベッチデ人をあつかった経験が充分にある。狩人たちにはふつうの治療法だが、それをスカウティに使うのはとても気がひけた。しかし、ほかに方法がない。

マラガンは女に平手打ちを食らわした。一発、もう一発……

「歩くんだ！」と、どなりつける。「早く！」

スカウティは数歩歩いたが、いきなり振りかえると、跳びかかってきた。マラガンはほんのすこしあとずさった。勢いをそぐためだ。それでも捕まると、砂のなかにいっしょにひきずりたおした。格闘になる。スカウティは本気だった。

スカウティは弱くたよりない女とはまったく違う。サーフォ・マラガンとくらべて外見は細く華奢《きゃしゃ》だが、相手に息をつくひまをあたえないほどの力と敏捷《びんしょう》さを発揮した。マラガンがけしかけたといっていい殴りあいだが、それほどひどい目にあわずにすんだのは、このときスカウティがまだ完全に正気にもどっていなかったおかげだ。

それまでの硬直状態から回復してくると、スカウティが優勢になった。もう本気でこちらを打ちのめすつもりはなさそうだ。スカウティに腕の上から膝をつかれ、動けなくなったとき、マラガンは顔を横に向けて、敗北を認めた。

「もう二度としないでね！」スカウティは吐きだすようにいった。

「もちろんしないよ」サーフォ・マラガンはほっとして誓った。「きみがちょっとしたことで死んだふりをするというなら話はべつだが」

スカウティははっとして、顔を赤らめた。

「ごめんなさい」つぶやいて、気まずそうに立ちあがる。

「それは違う」マラガンは冷静にそういうと、ぼろぼろのコンビネーションから砂をはたきおとした。「謝らなければならないのはわたしだ。クラン人がわれわれ新入りにコンビネーションを支給したときポケットにいれてくれた、あの画期的な薬をすこしでもまだ持っていたらと思う。残念ながら、すべて使ってしまった。われわれがキルクールで用いていたやり方は、いまではとても原始的な気がするよ」

「それでも、効果的だわ！」スカウティがはっきりといった。

ふたりは顔を見あわせ、突然、笑いだした。

ちょうどこのときもどってきたブレザー・ファドンが、怪訝《けげん》な面持ちでふたりを見て、

「きみたちはきょう、これまで以上に仲よくなったようだな」と、苦々しくいった。「それがきみをものにするやり方か、スカウティ？　わたしも、まずはきみと殴りあいをはじめなければならないのか？」

「ぶつぶついうのはやめて、おばかさん！」ベッチデ人の女は非難めかして、「わたしはあなたたち、ふたりとも好きよ」

「それが問題なんじゃないか」ファドンは不機嫌につぶやいた。

スカウティは難破船を指さすことで、あわててふたりの気をそらした。

「なんとかあそこへ行きたいわ。あれはどういう船なのかしら？　ずっと前からここにあるように見えるけど」探していた《ソル》かもしれないと思ったのだ。

「もしかしたら《ソル》かもしれない！」ブレザー・ファドンが崇高さに打たれたよう

にささやいた。

「わたしはそうは思わない」サーフォ・マラガンは小声でいった。「われわれのバーロ痣は、理由なしに痛まない。この船は《ソル》となんらかの関係があるかもしれないが、もしそうだとしたら、この難破船の持ち主とソラナーは敵同士だ」

「うむ」ブレザーはいった。「だが、偶然かもしれない」

「あわてるな」マラガンは冷静にいった。「さ、行こう。あのなかを見てくるべきだと、なにかがいっている」

「わたしも同じよ」スカウティはささやいた。「あなたはどう、ブレザー？」

「自分が磁石にひきよせられる鉄くずみたいな気持ちだよ」ベッチデ人はいった。「あの難破船が磁石なんだ」

サーフォ・マラガンは軽く身をすくませた。さっき自分の頭にも、まさに同じ比喩が浮かんだから。

警戒しなければ！　やはり罠ではないか。もしかしたら、べつの形状をした〝王の花〟がいるのかもしれない。あのおぞましい植物は、元気のいい庭師が罠にかかるのを、ただ待っているのだ。

この難破船をむしろ迂回したほうがいい。そんな考えがとっさに頭に浮かんだが、それがまた痣が痛む原因になった。

スカウティとブレザーは巨大なまるい高みに向かって歩きだしている。サーフォ・マラガンは粗末な武器を手にとった。ブレザーが黙って通りすがりに手わたしたものだ。

三人は完全な丸腰ではなかった。難破船のなかでどんなものが待ちぶせているかわからないが、用心にこしたことはない。ベッチデ人の武器は、このような巨船をつくった者にはおもちゃのように見えるかもしれない。しかし、原始的な弓矢、槍、斧は、高性能のビーム兵器と同じように、生きている相手に死をもたらすことができるのだ。

マラガンは自分が狩人であることを、いま強く感じている。このような武器を持って、数えきれないほど狩りに出た。斧のざらついた鋼の感触、背中の矢筒の重さ、手のなかの槍……そのすべてを思いだすと、クラン人のもとで経験した記憶の影が薄くなる。

自分は狩人であり、それ以外のものではない。それがはっきりとわかった。その事実を消しさることはできないのだ。

自分はベッチデ人であり、それを誇りに思っている。これまで、宇宙船の操縦や、複雑な装置をあつかうことを学んだ。クラン人のおかげだが、それ以上にスプーディのおかげだ。このちいさな共生体は、もともとの人格を抑制することなく、特別の才能を促進する。まさに、クランドホルの賢人が望むとおりに。耳にしたことがすべてたしかならば、賢人は賢明で慈悲深い。クラン人が領土拡張政策により異種族を奴隷化して抑圧するのを、望んでいないようだ。賢人はそうした過剰なやり方とうまく戦う方策を見つけたらしい。

その場にじっと立つマラガンは、クランの文明から得たものの最後ののこりが自分からはがれおちたように思った。

友のあとを追うとき、故郷惑星に育てられた狩人にもどっていた。ほんのわずかな手がかりを砂のなかに見つける。それも一瞬だった。風に吹きとばされそうな足跡が、砂紋のなかにのこっていたのだ。空気を深く吸いこむと、突然、以前は気づかなかった音が聞こえた……砂の歌だ。ざらついた面を鱗肌《うろこはだ》がこするような乾いた音……そして、奇妙なにおいがする。

ブレザー・ファドンが先頭に立っていくのが突然、見えた。スカウティは弓に矢をつがえて、あらゆる方向のようすをうかがっている。

思わず、ほほえんだ。あのふたりはつまり、自分と同じように反応しているのだ。

難破船で三人を待ちかまえるものなど、もう恐ろしくなかった。それがなんであれ、克服できる。

2

サーフォ・マラガンの高揚感は、難破船に近づくと跡形もなく消えた。バーロ痣が痛む。友ふたりも同じらしい。

痛み自体もひどくこたえた。赤色の船の巨大なまるみが目の前になかったら、こんな苦しみをうけずにすむ場所に泣きながら這ってもどっただろう。そこにべつの苦しみがくわわった。一瞬のうちに、心臓が肋骨にぶつかりそうなほどはげしく打ちはじめ、汗が全身から噴きでてきたのだ。やがて、呼吸が不自然なほどおちついた。バーロ痣の部分の皮膚がのびているのを感じる。額に触ってみると、痛くはないが瘤《こぶ》がある。数分間、呼吸の必要を感じないことが何回かあった。忘れていたのだ。目の前で火花が散るような状況になって、はじめて気づいた。その気になってすこし努力すれば、ふつうの呼吸のリズムはとりもどせる。しかし、息をするのを忘れるかもしれない。そう考えただけでも、愕然とした。

脳はごくふつうに機能している。体調も悪くない。マラガンは歩き、キルクールの狩人らしく行動した。見ているのは現実だ……それでも、夢を見ているのではないかと、ときどき思った。自分はこの場所にふさわしくない、この惑星は自分の故郷ではないのだ。

この〝惑星〟だって？

これは惑星ではない！

光っている難破船を見つめた。まぶしくて目が痛くなる。足を踏みしめ、砂が風で吹きよせられ弧を描いている砂丘を歩いた。頭のかたすみで、自分が船内にはいり、星々に向かって飛びたっているような気がする。一瞬、強い嫌悪感を感じた。足もとの地面や、自分をこの世界に縛りつけるわずかな重力や、急に重く息づまるように感じられてきた大気に対して……

マラガンは呼吸を拒み、息をとめた。気がつくと、失神して砂のなかで倒れていた。

「わたしにけりをつけさせて」ひどく腹をたてているらしいスカウティの声が聞こえる。

「まだ前の借りを返していないわ」

「好きなようにするがいい」サーフォ・マラガンはつぶやいて、やっと起きあがった。

「殴りあいをする気分じゃない」

「卑怯じゃないの」スカウティは主張した。しかし、その必死な目が充分に本心を語っている。

「そっちはどんなようすだ?」マラガンはたずねた。

「そっちとたいして変わらないわ」スカウティは短く答えた。

サーフォ・マラガンはやっと立ちあがると、深く息を吸いこんだ。光る山をじっと見る。いまの場所から見える船の姿だ。

自分たちの目標はすぐそこにあるのだと、急に気がついた。風が北から平地をこえて吹きぬける。長い扇形をした砂丘の南側に砂が積もっていた。砂丘はいくつか重なりながら、船の外被近くに向けてしだいに高くなっていく。いちばんはしの傾斜のきつい斜面が目の前にあった。砂丘の角の部分に接する場所で、外被がふくらんでいるのが見える。次の瞬間に巨大な球体の下に埋まりそうで、マラガンはいやな気分になった。しかし、一方で、目をあげるとはっきりと見えるあの薄暗い開口部にもぐりこむには、ただ腕をのばすだけでいいようにも思える。

ふらつきながらも、すぐそばの砂のなかにひざまずいているスカウティに目をやる。

「やるしかないわ」小声でいっている。「わたしたちをいともかんたんに殺すことができるものが、なかにいる。そんないやな予感がするの。でも、なにがかくれているのか、はっきりさせるしかないのよ」

サーフォ・マラガンはただうなずくだけだった。ふたたび上をうかがうその目が、大きく見開かれた。

「なにかいる！」やっと声を出した。「かくれるんだ、早く！」いうのはかんたんだった。しかし、どこにかくれろというのだ？

　運よくブレザーとスカウティが同じところを見ていたので、説明をする手間が省けた。砂丘の傾斜をこえて、真っ暗なかげになっているところへ急ぐ。砂丘ふたつのあいだの、ただの深い隙間かもしれない。それでも、なにもないよりましだ。

　サーフォ・マラガンはふたりのあとを急いで追った。足はまだいくらかふらついていて、不安定だった。しかし、すぐによくなっていった。開口部のところで見えた動きを考えると、不安に駆りたてられる。

　ふたりがやっと暗い場所についた。奇妙に角ばっている縁から、砂が流れるように落ちている。ブレザー・ファドンは手でその上をなでて、わざと地滑りをひきおこした。

「ばかなことはやめて！」スカウティがどなりつけて、その下の暗闇にもぐった。「いったいどうなっているの？」

　ブレザー・ファドンは答えをもとめるように、サーフォ・マラガンに目をやった。たったいま、砂のなかの奇妙な洞《ほら》についたのだ。

　マラガンは振りかえった。上を見て身をすくめ、縮こまる。それ以上の説明は必要なかった。自分自身の目で見たからだ。

　どのくらい船の開口部がはなれているか、目測はむずかしかった。開口部のすぐ上から、外に向かってつきでた湾曲部が見える。はなれたところからは、球体をとりかこむ赤道環のようだ……三人にはすくなくともそう見えた。いずれにしても、開口部は頭上はるか高くにある。そこからちいさな黒い点のようなものがいくつも出てきて、石のように落ちていた。砂上近くまで、永遠と思うほどの時間をかけておりてくる。落下に制動をかけているように見えたが、巨大な黒い翼をひろげて、優雅に滑空していたのだ。

「わたしたちを狙っていなかった。危険ではないわ」スカウティはほっとしてささやいた。「たぶん、あそこで巣をつくり、卵を抱いているのよ。いまは狩りをするために、南に向かう途中で……」

それ以上いうことはできなかった。鳥の一羽が左に向きを変え、三人のかくれ場に突進してきたからだ。ほかの二、三羽がそれにつづいた。

スカウティは鳥が危険ではないといったのに、弓をおろしていない。洞の外に出て、一本の矢をはなった。鳥が射おとされて砂のなかに落下した。ブレザー・ファドンとサーフォ・マラガンも同様に外へ出て矢を射る。しかし、鳥の群れにとっては仲間の死が警告となったらしい。

難破船のなかに何百羽となくいるにちがいない鳥たちの注意が、すぐに〝敵〟に向いた。暗闇にひそみ、遠くまでとどく矢で死を運ぶ相手なのだ、と。

「失敗だ！」ブレザーは吐きだすようにいって、次々に矢を射る。「ぜんぶやっつけるのには矢がたりない」

サーフォ・マラガンは頭上の黒い影に気づき、わきに身を投げた。三人に背後から近づいてきていた鳥が、すばやく方向転換する。ナイフのように鋭くて人間の指ほどの長さの鉤爪、動かない黄色い目、銀色に光るくちばしが見えた。マラガンはかたい翼で耳を一撃された。いまはぼろ布のようにぶらさがっているだけのコンビネーションに、鉤爪が触れる。石斧を振りまわして鳥を殺した。しかし、ほぼ同時に次の鳥が頭上にあらわれる。あたりが鳥の羽音と、興奮してかすれた鳴き声で満ちた。

「もどるんだ！」マラガンは友に叫んだ。「砂の下へ。急げ」

なかにもぐるまでに、貴重な矢を射つくした。サーフォ・マラガンはふたりの安全を確認すると、外に跳びだしていって、洞の縁の砂を斧でたたいた。

轟音《ごうおん》がひびきわたり、流れおちてくる砂の恐ろしい音が聞こえた。鉤爪を向けていた鳥ははげしく羽ばたきながら後退し、高度を増そうとする。マラガンは伏せて、もうもうたる砂煙のなかを洞にもぐりこんだ。

数秒であたりは真っ暗闇になった。砂埃が一面に舞っている。三人はひどく咳《せ》きこんだ。

「つまらないいたずらをやってくれたもんだ」ブレザーはあえぎながらやっといった。

「これでわれわれは囚《とら》われの身だ。この罠からはけっして出られない」

「ばかなことをいうな！」サーフォ・マラガンは答えた。なんとか自信たっぷりのふりをする。「数時間は空気がもつ。われわれがふたたび姿をあらわすのを待つほどの忍耐力は鳥にないだろう」

「なるほど。で、どうしてそれがわかるんだ？」

「道理だからだ」マラガンは冷静にいった。「あれは大きな動物だ。難破船を巣にしている。まわりは砂漠だから、山で餌《えさ》を捕まえるしかない。スカウティはこの点で正しかった。そんな鳥の数羽が、われわれをかんたんに手にはいる獲物だと思った。その数羽がわれわれを殺してしまえば、たぶんほかの鳥はこちらのことを考えなくなる。腹をすかせているんだ。われわれを狩ることがただの時間の浪費とわかったら、すぐにいつもの餌を探しはじめる」

「それが正しいことを願うよ」ブレザーはつぶやいた。「外に出ても大丈夫だとどうやって確認するか、という問題がのこる。それに、砂からぬけだす方法だ」

「どちらかひとつを選べといわれたら、野獣どもに生きながらひきさかれるよりも、窒息死するほうを選ぶ」サーフォ・マラガンははげしい口調だ。

「わかったよ！　自分がゆっくり死ぬのが好きだから、われわれもそうやって死ねといっているんだな」ブレザーは毒づいた。

「あなたたちふたりにとっては楽しい会話かもしれないけど」皮肉な調子でスカウティ

がいった。「わたしは神経を逆なでされるのよ。サーフォ、この洞はなんなの？」

「確信はないのだが……」ブレザー・ファドンがいやみをいった。

「傾聴しようぜ！」スカウティは怒った。「先をつづけて、サーフォ。そんなにじらさないでよ」

「これはクラン人の浮遊機だと思う」

一瞬、三人ともしずかになった。

「それがなんでここまでくるんだ？」ブレザーがたずねた。

「わからない。だが、最初の鳥に襲われたとき、たしかにその構造が見えた」

「構造だって！」

「おちついてちょうだい、ブレザー」スカウティはたのんだ。

「そうしたいよ！」ブレザーは怒って叫んだ。「でも、サーフォがわざと挑発するんだ。わたしのスプーディを手にいれられなかったから、頭がおかしくなったんだ。われわれを道連れにして死のうとしている。きみにそれがわからないのか？」

「ここで頭がおかしくなった者がいるとすれば、それはあなただわ！」ベッチデ人の女はきつい口調だった。「いいかげんにしっかりしてほしいわ、まったく！」

「ほっとけ、スカウティ」サーフォ・マラガンは意気消沈して、「われわれは感情的に

「こっちはまったくおちついていなって、怒りっぽくなっている……」

「それはきみのことだ」ブレザーは口をはさんだ。

「そうだろうと思ったわ」スカウティは辛辣《しんらつ》に答えた。

「もうやめよう！」サーフォ・マラガンの声は氷のように冷たかった。「ブレザー、わたしはけっして意図的にきみのスプーディを手にいれようとしたのではない。それは誓う。わたしはきみ同様、われわれがスプーディ病に感染したのではないかと恐れている。精神錯乱のなかで最期を迎えることが死ぬほど恐い。しかし、それはいまこの場所となんの関係もない。わたしが砂を崩さなかったら、全員、鳥に捕まっていたかもしれない。それで一巻の終わりだ。鳥の一羽を近くで見て、われわれに勝ち目はないと思ったんだ。わかるか？」

「ああ」しばらくしてブレザー・ファドンはつぶやいた。「きみのいうことは正しい。しかし、これからどうなるんだ？」

「まずはしずかに待つしかないな」マラガンは説明した。「われわれはあの鳥のことをなにも知らない。もしかしたら、話し声が聞こえていて、われわれが黙るまで上を旋回するつもりかもしれない。しずかになれば、狩猟本能は消える」

「そうしたら？」

「そうしたら、砂をかきわけて出るんだ」

「素手で？　どのくらいの厚さがあるかわからないんだぞ！」

「薄いことを祈るしかない。浮遊機がどのくらいの大きさのものか、知っているか？」

「それはさまざまだろう」ブレザー・ファドンはためらいがちに答えた。

「しかし、この洞の上に砂がどのくらい積もっていたか、まだおぼえているはずだ」

「十メートル以下だ」

「わたしの見積もりと一致する。われわれと砂を隔てているこの機体は、砂丘の斜面へかなり浅い角度で食いこんでいる。そのせいで吹きだまりにもうひとつ高みができた。ほとんどの砂はうしろにかたむいた表面の上に積もっているから、部分的に崩れおちるだろう。そののこりがわれわれを外界から遮断しているとはいえ、崩せない壁じゃない」

「どのくらい空気がもつの？」スカウティはたずねた。

「それは不確定要素だ」サーフォ・マラガンは認めた。「すくなくとも消費量があがらないように、しずかにしているべきだろう」

理性がふたたび勝利をおさめたようだ。ブレザー・ファドンはそれ以上、質問しない。

サーフォ・マラガンは動かずに暗闇のなかであおむけに寝転がって、浅く規則的に呼吸をしていた。自分をごまかそうとは思わない。神経質になっているのはブレザーだけではなかった。自分とスカウティも精神的に限界に達している。

マラガンはそれでも強がった。鳥の襲撃のおかげで自分たちの問題から注意がそれたことはたしかだ、さっきからだれも呼吸するのを忘れていないじゃないか、と。なにかから命令をうけたかのように、額のバーロ痣が焼けつくように痛みだした。頭皮の下にむずがゆさを感じる。強い不安に襲われた。

スプーディ二匹を合体させたいと感じたことを思いだす。それからどうなるかは想像できないものの、ブレザー・ファドンをまったく新しい視点で見ていたのはたしかだ。ひとりの友としてではなく、第二スプーディの潜在的供給者として。

疫病は共生体そのものから発症するのか？　頭皮の下にいるものが、いま主導権を握っているのか？　マラガンはちいさな共生体の身になって考えようとしたが、うまくいかない。スプーディとコンタクトする手段がないからだ。これまで得た情報のどれを考えても、この昆虫のような生き物に独自の知性はなさそうだ。

だからといって、安心はできない。キルクールでたくさんの動物を見てきた。動物は人間のいう意味での思考ができない。本能と呼ばれるものにしたがうだけである。だが、ごくふつうの知性が種をけっして絶滅から救えない場合でも、本能が成果をあげることがあると、経験が語っていた。

鋼のプレートと砂の壁に閉じこめられている、このはてしない時間のなかで、本能からスプーディが脱落し、みずからブレザー・ファドンの共生体とひとつになろうとするのではないか。マラガンの不安が増してきた。

惑星〝クラン人トラップ〟で新しいスプーディが手にはいる可能性は、ほとんどない。それだけに、この考えはいっそう恐ろしかった。

サーフォ・マラガンは、ブレザー・ファドンもスカウティもまったく同じ不安に苦しんでいることを知らなかったのだ。

3

サーフォ・マラガンが砂を崩してからどのくらいの時間がたったのか、わからなかった。クロノグラフをもう持っていなかったのだ。はじめのうちは三人全員がひそかに心臓の鼓動を数えて、すくなくとも大まかな見積もりができるようにしていた。しかし、暗闇となにもできない不安といらだちで、そのうち挫折した。

可能なかぎり、がんばりとおした。息が苦しくなってきたとき、はじめてマラガンはゆっくりと振りかえった。

「いま、やってみるしかない」冷静にいった。「そうしないと、じきにその力もなくなる」

だれも答えなかった。口を開けばさらに多くの空気が必要になり、生きのびられる可能性が減る。しかし、サーフォ・マラガンは友ふたりが移動するかすかな音を聞いた。この奇妙な牢獄から逃れるチャンスがもっともあると思われる、その場所に……

「順々に！」それだけいった。「わたしのあとにつづくんだ」

流れおちてくる砂の壁に頭がぶつかりそうになった。ブレザー・ファドンが左足に触った。スカウティもすぐうしろにきていることを知らせたのだ。サーフォ・マラガンはもう一度、深く息を吸った。それから、手で砂を掘りはじめた。

砂が崩れて、からだの下を流れていく。薄い粥《かゆ》のような状態だ。からだをすこし持ちあげると、砂がその隙間にはいってきて、実質的に数センチメートル持ちあげてくれた。ブレザー・ファドンとスカウティも同じように掘っている。安心してまかせた。指先が傷つき、爪に砂がはいって焼けつくように痛む。腕の筋肉はかたまったようになった。肩はすでにほとんど感覚を失っている。そのときはじめて、かすかな音が聞こえた。

マラガンは息をとめた。

音が聞こえるということは、すでに目標に非常に近いのだ。しかし、まだ到達してはいない。

マラガンは砂丘のかたちをはっきりとおぼえていた。難破船の外被まできているということ。船のこちら側では、どの吹きだまりもひとつとして同じかたちをしていない。風の吹いてくる方向や強さが一定ではないから。難破船を西と東からとりかこむ砂丘は、随所で交わっている。だからその裾野は、まるい船体から扇形にひろがる独自の形状になるのだ。

三人がかくれている砂山は一見すると、この裾野のひとつのようだ。しかし、マラガンは確信していた。この砂山は、ここに緊急着陸した浮遊機が降りおちる砂粒を防いでできたにちがいない。金属製プレートがもともとの砂丘の斜面に深くつきささったので、かなりの重さにも耐えられるのだ。一方で、まだ砂崩れが起きるほどプレートの上に積もってはいない。

音が消えて、サーフォ・マラガンは慎重にさらに掘り進んでいった。目の前に光が見えた。長いあいだ暗闇にいたあとなので、耐えられないほどまぶしい。一瞬、新鮮な外気を感じた。それから、光の残像がふたたび消える。

じっとしていたが、ひと息ついて手をのばしてみた。両わきがなだらかに下に傾斜した砂の上に横たわっている。その砂はいま、洞のかなりの部分を埋めているにちがいない。慎重に横向きになり、右手をのばした。

指先が冷たい金属に触れた。

「きみたちも同じようにやるんだ」マラガンはささやいた。「ブレザー、きみは右に行け」

砂が動くのを感じた。その動きはマラガンの意図したとおりだった。左右から砂が自分の上に流れこんでくるようにしたのだ。横たわっている砂山の傾斜角度を変えることなく、それをうしろに持っていこうとした。左からかすかに安堵のため息が聞こえた。

「空気よ」スカウティがささやいた。「穴がある」

「なにか見えるか？」マラガンが小声でたずねた。

「砂だけ」スカウティがしずかに答えた。「砂がわたしの鼻先をさらさら通りすぎる。頭をあげると、上になにか縁があるわ」

サーフォ・マラガンは両手をのばした。スカウティとブレザーがそばにいる。

「やってみよう！　最後の層はすばやく突破したほうがいいかもしれない……それから逃げるんだ。わかったか？」

「スカウティが最初に行くべきだ！」ブレザーは強く要求した。

「だめよ！」ベッチデ人の女は怒って答えた。「三人全員がここから出ていくか、そうでなければ……」

「やめろ、そんなばかなことをいうのは！」マラガンがきつく命令した。「いまから数える。三つ数えたら、全員で力のつづくかぎり掘るんだ。一、二、三！」

三人は掘った。キルクールのジャングルの腐葉土層を地下トンネル網に変えてしまうもぐらのように。

サーフォ・マラガンは頭上の浮遊機の頑丈なかたい角を感じた。足もとで砂が動いていて、パニックに襲われる。

いつまでもここで動けず、砂とプレートに捕まったままだったらどうしよう？　まわりにはしっかりと防ぐものもなく、砂はあちこちから隙間に流れこんでくる。

さらにがんばると、頭が外に出た。それがいちばんだいじなことで、のこりはそのあとだ。マラガンは向きを変えて、幅ひろい肩と長い胴体をまわした。上から砂が流れてきたが、一定量しか落ちてこない。予想したような砂崩れは起こらなかった。せまい牢獄からなんとかぬけでようと背中をそらせると、上にいちばん大きな砂丘の巨大な傾斜が見えた。はげしい混乱におちいって、スカウティを見た。もう外に出て、立ちあがっている。さらにからだの向きを変えると、ブレザー・ファドンも見えた。斜面を駆けおりようとしている。

「そっちはだめだ！」驚いて叫び、クリンチのように自分をつかんでいる砂から勢いよく跳びでた。「横だ……船のほうへ！」

スカウティはみずから正しい道を選んでいた。ブレザーは大股でそのあとを急いで追っている。サーフォ・マラガンは即座に古い浮遊機からはなれようとしたが、背後で音がしたので、ちらりと振りかえった。

三人は砂丘の均衡を壊していたのだ。金属製プレートがゆっくりと横転した。大量の砂がその上にあふれでて、プレートを深みにひきこんでいく。この動きは四方八方にひろがった。サーフォ・マラガンはやっと平衡をたもっていた。波乗りをしているようだ。走りだし、ジャンプしたが、それでもその場所から数メートルも進んでいない。上にいて砂に埋まらなければ、それだけでよろこぶべきだったのだ。

しかし、やっと足もとがしずかになり、スカウティとブレザーが行った方向に目標を定めて向かった。

一瞬、ふたりが砂にのみこまれたのではないかとぞっとした。しかし、赤色の外被にある黒い開口部のすぐそばにいるのを発見した。マラガンはそれを見て、このすべての災《わざわ》いの原因となった鳥を思いだした。

頭上をうかがった。鳥の姿はまったくない。

ほっとして、友のほうへ走っていった。

三人はほとんど丸腰だった。それでもスカウティは石斧を、ブレザーは槍をまだ持っている。ほかのすべては砂のなかに消えていた。

「だいじょうぶよ」スカウティは満面の笑顔だ。「船についたのよ。もう武器はいらないわ」

「それほどの確信は持てないが」サーフォはつぶやいて、不審げに開口部のなかをのぞきこんだ。「ここからははいれないよ。奥のほうに壁のようなものが見えるじゃないか」

「それはハッチよ」スカウティはいった。「きっと開けられるわ」

スカウティのこの楽観的態度はどこからくるのだろう。そう思うと、またバーロ痣が焼けつくように痛みだした。とくに頭の上がひどい。まるで、真っ赤に燃えるペンチで頭をはさまれたようだ。皮膚の下でスプーディがその圧迫から逃れようと動いているように感じた。

両手をこぶしにかため、かたまったようにそこに立ちつくした。不安が襲ってくる。これはスプーディ病ではない！　マラガンはくりかえし、自分にいいきかせた。ただのいまいましい痣の痛みだ。すぐにおさまるだろう。

「この開口部は奇妙だな」ブレザー・ファドンがいった。サーフォ・マラガンは友の声がありがたかった。気をそらしてくれるし、安心する。「見てみろ。これはエアロックじゃない。だれかがこの部分だけ外被をはがして穴をあけたんだ」

「そんなことがあるわけないじゃない」スカウティはいいはった。「だれがそんなことをするの？　きっと、船体がプレートを組みあわせてできているのよ。そのひとつが墜落のときにはじけて飛んだんだわ」

「違う」ブレザーはきっぱりと答えた。「そこに溶接の跡が見えるだろう。ほかの場所の外被はこれほど厚くない。これはきっと、いくつかの層でできている。隙間を埋めたんだ」

「墜落のあとで、そうしたのかも」

「なんのために？　考えてもごらんよ！　船の住人が墜落のあとに穴をあけたとしたら、隙間を埋めることとなんて必要ないじゃないか。ここの大気は呼吸できるんだから」

「スタートしようと思ったんじゃない？　損傷の程度がどのくらいだったか、わからないでしょ」

「すぐにその穴をふさぐかわりに、隙間だけを埋めたとしたら、ばか者たちだ」

「未知の住人にはほかに理由があったのかもしれないわ」スカウティは怒っている。

「もしかしたら、クラン人トラップの空気が、わたしたちほどには適していなかったのかもしれない。だからきっとエアロックを使ったのよ。これほど大きな船にはたくさんあるにちがいないわ。でも、ちょうどその場所から船を降りなければならなくなった……きっとそうよ。だれも好きこのんで船にそんな穴をあけないわ」

サーフォ・マラガンは痛みが消えていくのを感じて、目を開けた。三メートルもはなれていない開口部の奥で、なかば砂に埋もれた物体が見える。その輪郭は見おぼえがあるような気がした。

ブレザーとスカウティが相《あ》いかわらず議論している声が聞こえたが、マラガンは気にしなかった。催眠状態のように、その奇妙な空間へはいっていく。足もとには開口部を通して砂が落ちてくるが、その下にはかたい金属を感じた。安心感がある。物体にたどりついて、両手で砂をわきに押しやった。

「この穴がなんであっても」マラガンはいった。スカウティとブレザーが議論をやめた。

「あわててつくった逃げ道ではない。だれが緊急事態に、椅子を逃げ道のまんなかに置くだろうか？」

友のほうを見た。ふたりはマラガンと、マラガンが砂のなかから掘りだしたものとを、かわるがわる見つめている。

それは本当に椅子だった。サーフォ・マラガンはすわってみた。体格にあっている。四本足生物や、手が何本もあるものがすわるようにはできていない。背もたれはマラガンにぴったりだった。座席の前の角は、四本足生物には不快だろう。

「この椅子は人間にあわせてつくってある」サーフォ・マラガンは椅子の脚に目をやって、つけくわえた。「ねじで固定してある。うっかり置いたわけではないんだ」

「つまり、かんたんにどけることもできない」ブレザー・ファドンはいった。「この謎はそうかんたんに解けないな」

「あなたは自分の勘違いだったことを認めたくないだけなのよ」スカウティは怒って答えた。「わたしは逃げ道だったと確信するわ」

サーフォ・マラガンは立ちあがって、壁のほうにいった。外からははっきりわからなかったものだ。大きな空間の奥は暗く、殺風景《さっぷうけい》な壁にはめこまれたものがなんだか、わずかな光でやっとはっきりした。長方形のプレートだ。隣りには、見たことはないがどこか懐かしいスイッチがあった。その下にシンボルが描かれていたあとがのこっている。

「こんなことがあるんだろうか！」マラガンの口から思わずもれた。「ありえない」

スカウティとブレザーがあわてて走りよってくる足音が聞こえた。

「これは〝わたしたちの〟使っていたシンボルだわ」スカウティはささやいた。こんな場所で見たので、気持ちを整理するのにすこし時間がかかったようだ。

「これは人類のための使用法のマークじゃないか」ブレザー・ファドンはほとんどヒステリックになっている。「クラン人は以前にベッチデ人を誘拐したのかもしれない」

いずれにしても、ファドンは、このマークがベッチデ人に関係することを認めたわけだ。

サーフォ・マラガンはマークから目をそらすことができなかった。

よく見たマークだ……〝船の住人〟の小屋に通じる扉のわきで。多くのベッチデ人は、惑星上での生活を強いられることにがまんできなかった。真実をうけいれられず、いまなお船のなかで暮らしていると、みずからにいいきかせていた。だから、住まいを〝キャビン〟、扉を〝ハッチ〟と呼び、出入口のわきにマークを描いていた。その装飾模様の意味を三人は知らなかったが、いま宇宙航行を実際に経験してこのマークと対峙《たいじ》すると、意味がわかった。以前はそんなことは考えもしなかったのだが。

ベッチデ人の家の扉のわきには丸で〝スイッチ〟が描かれ、その下にこれらのマークがあった……縦に長い楕円形、左にたわんだ弓形などだ。ここでも、すこしいびつだが、そのマークが同じように使われている。

「《ソル》を見つけたのかもしれない」サーフォ・マラガンは小声でいった。

奇妙なしずけさがひろがった。

「違うわ」スカウティがきっぱりいう。しかし、気力を奮いおこして抵抗するのに、いつになく長くかかった。「わたしはそうは思わないわ。これはクラン人の艦よ」

「でも、ふつうこんなかたちじゃない」ブレザー・ファドンは考慮にいれるようにうながした。「クラン艦の定義についても聞いたことがあるが」

「それは知っているけど」スカウティは怒っている。「例外ってこともあるでしょう？クランドホル公国に属する種族や惑星がどのくらいあるか、わからないじゃない。わたしたちと似ていて、わたしたちのように考える生き物がいるかもしれない」

「そうだな」サーフォ・マラガンはほっとしていった。「そうだろう？　それが答えかもしれない」

「信じてもいないくせに！」ブレザー・ファドンは非難した。

「ばかばかしい。信じる信じないは関係ない。わたしはまともな答えを見つけようとしているんだ」

ブレザー・ファドンが壁にすばやく近よったので、サーフォ・マラガンにはもうとめられなかった。阻止する前に、すでにブレザーは片手で縦長の楕円形のマークがついたスイッチを押していた。

一瞬、あたりはしずまりかえった。それから、スカウティは大きく息を吸った。

「動かないわ」はっきりといった。

「よろこんでいるのか？」ブレザー・ファドンは怒った。「きみもなかにはいりたがっているんじゃないか」

スカウティはためらいがちにうなずいた。

「なかにはいりたいわ」小声で認めた。「でも、この場所ではないの。ちゃんとしたエアロックを探すべきよ」

ブレザーは思わず笑ってしまった。しかし、急に黙った。なにかをひきずるような奇妙な音が聞こえたからだ。

「動いたわ！」スカウティがとっさにいった。一瞬で不安が消えたようだ。それを見ていたマラガンは、この急激な変化がいまの自分たちに特徴的な精神状態だと思った。理由のないよろこびとヒステリックな不安のあいだを、ふらふらと行ったりきたりしているのだ。

＊

バーロ痣の奇妙な反応に原因があるのだろう。マラガンはこの不可解な痛みがどのような影響をおよぼすかを、自分自身で感じていた。まさにその瞬間、また焼けつくような痛みを感じ、本能的にエアロック・ハッチからはなれる。そのとき、床になにかあるのが目にはいった。あわててかがみ、持ちあげた。長い金属の棒だ。だれかの脳天を割るのに充分な重さがある。手にした武器の重さを感じながら、身がまえた。

ひきずるような音がとまった。一瞬、あたりは物音ひとつしなかった。それから、エアロック・ハッチが開く。

できた隙間の向こうは暗闇だった。ベッチデ人三人はなんとかなかを見ようとしたが、むだだった。ハッチが開ききる。なにが出てくるのかまだわからない。しかし、なにかいることは感じていた。もしかしたら、意識下で音を聞いているのかもしれない。

恐ろしかった。同時に、船のなかにいるものと会ってみたかった。それがなんであろうと……

「そこにいるのはだれだ?」サーフォ・マラガンは意を決して一歩、前に出た。金属の棒をすぐに使えるようにかまえている。

答えのかわりに青いエネルギー・ビームが光った。しかし、わずかにはずれた。サーフォ・マラガンはとっさに伏せた。ビームの下を転がるようにして逃げる。そのさいわかったのだが、こちらが開口部のはしからある角度だけはずれると、もうエアロック内部で待ちぶせる射撃者は命中させられないようだ。それに、標的をふつうの速度では追いかけられないらしい。

スカウティとブレザーはすぐに逃げだした。本能的にまずわきへ避け、それから出口に走っていく。サーフォ・マラガンはそのあとを追った。うしろで奇妙な金属音と、なにかがきしむ音がした。しかし、それを発した者があらわれるのを見張る時間はない。

開口部にたどりつくと、砂のなかに跳びおりた。

「ここから逃げるんだ！」サーフォ・マラガンはあえぎながらも、うろたえてまわりを見まわしている友ふたりを見つけるといった。「急げ！」

三人は船の外壁にそって急いだ。もよりの砂丘の尾根の向こうに跳びこんでかくれる。そっと開口部のほうを見た。

船のなかから出てきたものは金属のように鈍く光り、大きな卵形をしている。奇妙にこわばった腕と脚はあらゆる方向につきだしていて、不自然なほど数が多い。

「ロボットだ」ブレザー・ファドンはささやいた。「船を警備しているんだ」

「船の入口を警備している」サーフォ・マラガンはなかば機械的に訂正した。「ほかの場所がどうかはわからない」

「なかにはいるのはかんたんではなさそうだ」ブレザーはがっかりしている。

マラガンは答えなかった。

ロボットを観察していたのだ。開口部の前で立ちどまっている。たくさんの手足の動きは鈍い。このロボットが、かつて設計されたようにはもはや機能しないことは明らかだ。自分たちは運がよかった。これが無傷のロボットだったら、この巨大な難破船を調べようという試みに、すぐに終止符が打たれたかもしれない。

とはいえ、マラガンの印象にのこったのはそのことではなかった。

卵形の金属体と多くの手足を、自分の知っているマシンとくらべていたのだ。クラン人の存在とその文明について、まだなにも知らないときに見たマシンだ。

クラン人のところにも、この怪物と似たようなロボットはあった。本体のかたちも腕の存在も、典型的なものではないかもしれない。クラン人と人間はものの考え方が違っているとはいえ、共通点がないわけではない。おおいにある。

それなのに、このロボットを見て、ドク・ミングが惑星キルクールで保管していたものを急に思いだしたのだ。もう使われていない壊れたロボットだった。その場から動かすこともできない、伝説的時代の遺品だ。

三人がクラン人のところへいく前には、このロボットしか知らなかった。たとえそれが鉄くずの塊りよりちょっとましな代物だったとしても、自分たちにとっては人間がなしえることとの総体だった。

キルクールの鉄くずの塊りと、この難破船の巨大な外被の前にいるものの類似点は、外観だけではなかった。二体とも、過去のものであることを証明している。それも、独特のやり方で。このロボットも〝老朽化〟しているのだ。

サーフォ・マラガンはそれほどクラン人のロボットを知っているわけではない。自分たちがいまいるのはクランドホル公国の周辺宙域で、公国のもっと中心部には、このような古いロボットが見られる基地もあるのかもしれない。しかし、目の前のものはそれとまったく違うと確信していた。このロボットはただ老朽化したのではなく、太古のものだ。

マラガンはビームに眩惑された目で、ロボットがゆっくりと向きを変えるのを見た。肉眼では見えないほどかすかに銃口が光り、揺らめいている。このロボットの反応をうながすには、ただ立ちあがればいい。しかし、それはしなかった。長い年月で錆《さび》だらけになったロボットに同情していたのだ。

身震いしながら、上を見た。

難破船の外被は沈む恒星光を反射し、巨大な山のように頭上にそびえていた。霧が垂れこめて、近くの山々の存在さえ気づけないほど、深くあたりをつつみこんでいた。

4

恒星が地平線近くまで沈むと、ロボットはなかにひっこんだ。しかし、ベッチデ人たちは幸運なことに、これで障害がすべてとりのぞかれたと思うほどおめでたくはない。ロボットが警備している入口はあきらめて、ふたたび探しに出た。どこかに危険のすくない船への入口がないか、見つけなければならない。

恒星が沈むと、鳥たちがもどってきた。煤《すす》の塊りのように山頂にあらわれ、船の近くでびっしりと群れをつくった。ベッチデ人の頭上すれすれに飛んでいくものもいる。超低空飛行をしているのは、重い獲物を運ぶのに苦労しているからだ。三人の狩人たちは野生の動物の観察には慣れている。かんたんに一羽、撃ちおとせそうだ。鳥とその獲物が手にはいるかもしれない。ほかの鳥たちはそんな仲間のことは気にしないだろう。いまは腹がいっぱいで、雛《ひな》のところに行きたくてしかたがないのだ。

鳥たちがそれほど重いものを運んでいるのに、原始的な石斧と太い槍ではとどかない。三人はしかたなくそのまま見ていた。ちょうど新鮮な肉が食べたくてしかたがなかったのだが。

　三人は空腹で喉も渇いていた。砂丘をこえて吹く熱い風で、からだは干からびそうだ。それにくわえて、奇妙な発作が起きた。バーロ痣によるものらしいが、スプーディ病の記憶がよみがえり、不安になる。発作そのものもひどかったが、それにともなう急な発汗は致命的な意味を持つかもしれない。

「ほかに選択肢はないわ」スカウティは難破船のほうを見た。「なかにはいるしかないわね」

「向こうの山に、泉と、狩りのできる森がある」サーフォ・マラガンはいいにくそうに口をはさんだ。

　スカウティは目をまるくしてマラガンを見つめて、

「あなたは本当にそこにもどるつもりなの？」信じられないようにたずねた。

　もちろんそんなことはしたくなかった。船から一歩一歩遠ざかるにつれ、肉体的にも精神的にも痛みがひろがるのだ。

〝罠だ〟と、マラガンは思った。しかし、それを口にできない。なにかがひきとめていた。自分たちは難破船から遠ざかることはできない。しかし、とどまれば、死の宣告が待っている。

　恒星の最後の光が、頭上高くにある難破船の外壁にあたった。船の上部が研磨した赤いクリスタルのように光る。この赤い輝きの上に奇妙な青い光があった。ふたつの色は混ざらない。一瞬、難破船は青いオーラにつつまれた。

青と赤の微光は三人を苦しめた。バーロ痣が焼けつくように痛む。一時的に完全に方向感覚を失った。

やっとあたりが暗くなった。恒星は地平線の向こうに沈んだ。霧がもう一度赤く光り、やがて夕暮れが訪れる。青いオーラが消えて、赤い光も消えた。難破船は巨大な黒い塊りとなってそびえていた。

はるか遠くに光が見えた。

しずかに、たえず暗闇を照らしている。明るい、いくらか青みがかった光で、巨大な船から直接くるようだった。

「罠の一部だ」サーフォ・マラガンは身震いしながら、ささやいた。

光にはヒュプノ的な効果があるようだ。

「そうかもしれないわ」スカウティは小声で答えた。「でも、わたしたちには、そこに行くほかに選択肢がないのよ」

「そうだ」ブレザー・ファドンはつぶやいた。「罠には餌がつきもの。餌は水と食べ物だといいな。罠をしかけたやつが大挙してくるのは、そのあとでいい」

サーフォ・マラガンは笑った。

「その前に、罠をしかけたやつを捕まえるのがいいかもしれない。慎重にやろう。きみたちはどう思う？」

「きみのいうとおりだ」ブレザー・ファドンは小声でいった。「実証ずみの模範にしたがって前進しよう。われわれ、まったくべつの状況も克服してきた、そうじゃないか？」

「まあね」スカウティは安堵のため息をついた。「空腹もいいところがあるのかもしれない。わたしたちをまた正気にしたわ」

残念ながら、危険なことはなにも変わっていないが……サーフォ・マラガンは重い心でそう考えた。

スプーディ病発生のメカニズムと、その症状がわかっていたら！　たぶん、どうでもいいような現象を勘違いして、本当にだいじなことを見逃しているのだろう。しかし、なにもわかっていないものだから、ますます頻繁に必要もないパニックにおちいってしまうのだ。

三人とも、それがいかに危険かを知っている。しかし、話題にしなかった。いつもの仲のよさがもどってきたいまは、とくに……

黙って、光にそっと近づいていった。

光は難破船からくるのではなく、外被からつきでたプレートのひとつから出ているらしい。プレートは風で運ばれた細かい砂でおおわれているが、地面までとどいていない。プレートの上に原始的な小屋があって、その前にちいさなたき火が燃えていた。船の外被とプラットフォームをつなぐ曲がった支柱に、淡い青の光をひろげるランプがぶらさがっている。

隣りの砂丘の尾根からこのプラットフォームがよく見わたせた。かすかな風が肉を焼くにおいを運んでくる。三人は生唾《なまつば》をのんだ。

「遭難者のひとりかしら？」スカウティは小声でたずねた。

「この船の持ち主という意味か？　生きのこりがいるとは思えないが」

スカウティはいぶかしげにサーフォ・マラガンを見つめて、

「どうして？」挑発的にたずねる。「ロボットだってまだ動いたのよ。エアロックも開いた。なかにはまだエネルギーがある。つまり、生命を維持することもできるわ」

サーフォ・マラガンが答えようとしたとき、プラットフォームの上でなにかが動いた。人影が小屋のかげからあらわれた。ちいさなたき火に近づいてくる。

「クラン人だ！」ブレザー・ファドンが驚いてささやいた。「どこからきたんだ？」

サーフォ・マラガンはそのクラン人を黙って見ていた。

かがみこんで、火をあちこちつつきまわしている。やがて、からだを起こすと、探るようにあたりを見まわした。それから、プラットフォームのはしまで行って、下をのぞきこむ。

「こっちへこい！」大声で叫んでいる。「おまえたちはきっと腹が減っているだろう、違うかな？　こっちへくれば、ごちそうするぞ！」

「わたしたちのことをいっているのかしら？」度肝をぬかれてスカウティはたずねた。

「そうとは思えない」サーフォはささやくようにいった。「われわれにはまったく気づかないはずだ」

「いったいどこにいるんだ？」クラン人はいらいらしたように叫んだ。「さ、こっちへこい。今晩はわたしを見すてる気か？　おまえたちだけがたよりなんだ！　見ろ、おまえたちに用意した！」

クラン人はそばにある容器を手にとり、プラットフォームのはしで中身をあける。水がはねかえるような音がした。

「あれが水だったら……」ブレザー・ファドンはうめいた。

「そうだ、水だ！」クラン人はそれに応えるように叫んだ。「おまえたちがこの砂漠で見つけるよりももっとたくさんの水だ。自分からとりにくるだけでいい！」

クラン人は甲高《かんだか》い笑い声をあげた。

それをかきけすように、低いところからなにかに食いつくような音がした。ねだるような声、押さえたうなり声も聞こえる。次の瞬間、プラットフォームの下の弱い光のなかに、いくつかの黒い影があらわれた。あちこちで跳びはねている。その動物のうちの何匹かは、濡れた砂をのみこんでいるようだ。ほかのものは容器から落ちてくる最後のしずくをかすめとろうとして跳びあがっている。

クラン人は容器をわきに置いて、ちいさなものを下の動物のほうに投げている。なにかが砕ける音と、舌を鳴らす音から、ようすが想像できた。

「餌をやっているんだ」ブレザー・ファドンはいった。

「そうだ」サーフォは考えこんでつぶやいた。「しかし、自分がもう食べないものだけ。なにかわかるか?」

「もちろんよ」スカウティはささやいた。

プラットフォームの下の動物たちは狂ったように骨に突進していく。貪欲さのあまり、最後の最後に疑うことを忘れた。獲物を安全な場所に運ばず、その場に伏せてむさぼり食ったのだ。クラン人は忍び笑いをして、手をあげた。重い金属の塊りが深みに落ちて、一匹の動物の頭蓋骨を粉々にした。

未知の生き物は声も出さずに死んだ。その仲間たちは、祝宴の食卓に思いがけず死が訪れたことにまったく気づかないようだ。

クラン人は金属塊を投げる演習を大々的にやって、さらに動物をしとめた。ぜんぶで五匹か六匹。一匹は一撃で死ななかった。痛みで叫び声をあげ、それが警報のように闇

を ぬけて鋭く響いた。ほかの動物たちは驚いて、そこから疾走した。

「奇妙なやり方の狩りね」ばかにしたようにスカウティがつぶやいた。

「それでも、あいつはそれで獲物をしとめたんだ」サーフォはいった。

クラン人は縄梯子《なわばしご》を使って、すばやく下におりてきた。獲物は七十五センチメートルくらいの大きさだ。ひとまとめにして、登ろうとしている。

梯子のいちばん下の段に足を置いたちょうどそのとき、威嚇《いかく》するような低いうなり声がした。体高二メートルはゆうにある脚の長いイノシシに似た生き物が、クラン人めがけて突進してきた。クラン人は危険に気づき、大急ぎで必死に登ろうとした。しかし、獲物が重すぎたのか、それとも不安が筋肉を硬直させたのか、梯子の最下段にぶらさがっている。イノシシは頭を低くした。

「行くぞ!」サーフォ・マラガンは叫んで、砂丘の尾根をこえて跳びだしていった。友ふたりはためらうことなくそのあとにつづいた。このような状況は知りつくしている。

三人は声をかぎりに叫びながら、イノシシに向かって突進していった。スカウティは石斧を、ブレザーは槍を振りあげる。サーフォ・マラガンは絶望的な気分になった。こんな武器では敵に勝てるわけがない。しかし、クラン人が野獣にひきさかれるのを黙って見ていることはできない。自分たちもイノシシで不愉快な経験をしたことがある。

幸運なことに、ここでは一頭だけらしい。ほうきのようなたてがみと巨大な牙《きば》を持った大きな生き物だ。叫び声を聞くと頭を向け、怒ってうなり声を出している。動物の注意がそれた一瞬に、クラン人は牙の下からぬけだしていた。しかし、イノシシはすぐにまた向きを変えて、歯を縄梯子の段にひっかけた。

クラン人は梯子ともどもはげしく揺さぶられ、恐怖のあまり絶叫した。

スカウティは野獣のいちばん近くにいた。サーフォ・マラガンは一瞬、必死になったスカウティが石斧をほうりなげるかもしれないと思った。貴重な武器を失うと考えただけで、背筋を戦慄がはしる。しかしすぐに、スカウティがそんなことは考えずにいることを祈った。

ベッチデ人の女は動物に跳びかかった。武器でそのわき腹を一撃する。すばやく巨体の下をくぐって、どうやら反対側もさらに殴ったらしい。イノシシが鈍いうなり声をあげて、梯子を明けわたしたからだ。驚くほど敏捷に向きを変える。その目の前に、槍をかまえているブレザー・ファドンがいた。

クラン人はかたまったように梯子にぶらさがり、ただこの戦いを見ている。

「獲物を捨てろ!」サーフォ・マラガンは叫んだ。「上に登るんだ。そうすれば、こっちはこいつをかたづけられる」

クラン人にはサーフォ・マラガンのいうことが聞こえないようだ。

マラガンはひそかにののしりの言葉を吐いた。急いでプラットフォームの縁を観察した。どこも地上からすくなくとも四メートルの高さがある。ただ跳びあがって登るには高すぎる。まして、なめらかな金属の表面に、つかまる場所など見つからないだろう。縄梯子がたったひとつの登る道だ。

ブレザー・ファドンは槍で思いきりイノシシの喉を刺した。しかし、すぐに逃げなければあぶない。スカウティはそれを助けようと、怒り狂う動物の気をそらした。よく使う手だった。この大きさの動物なら、熟練した狩人ふたりがおとなしくさせて、三人めがとどめを刺すのだ。しかし、サーフォ・マラガンは武器をもう持っていなかった。そうでなくても、急ごしらえのものではイノシシに歯がたたなかっただろう。スカウティの石斧では傷もつかない。ブレザーが獣の厚い皮にほんのすこしかき傷をつくることができた程度だ。

「わたしが上に行く！」マラガンは友たちに向かって叫んだ。

ふたりはすぐにイノシシをうまくおびきよせて、縄梯子からはなそうとした。サーフォ・マラガンは梯子を登り、クラン人のところまで行った。クラン人は無反応だ。恐怖のあまり、麻痺したようになっている。

クラン人は重く、マラガンが上に押しあげるのはむりだった。そこで、縄梯子の反対側にまたがり、クラン人のわきを通って、プラットフォームの上によじのぼる。

小屋に走っていったが、なかは空《から》でがっかりした。武器はおろか、なにもない。あったのは火の近くに置いてあるナイフだけだった。細長く輝く鋼でできた、すばらしい武器だ。手で重さをはかってみたが、投げるのには適していない。

大急ぎでプラットフォームのはしにもどった。

下のようすはなにも変わっていない。スカウティとブレザーはまだ動物をおとなしくさせていた。このゲームをさらに何時間かつづけることはできるかもしれない。だが、それからが危険な状況になる。イノシシには明らかに体力の蓄えがあるからだ。ベッチデ人たちが疲れたら、イノシシはすぐに本気でかかってきて、戦いを終わらせるだろう。

「縁の下に追いやるんだ！」サーフォ・マラガンは叫んだ。

ブレザー・ファドンは上を見あげて、マラガンがナイフを持っているのを発見した。了解の合図に手を振って、スカウティに声をかける。ふたりで巨大なイノシシをちょうどいい場所まで誘導した。かんたんなゲームのように見えるが、いつまたとんでもない状況に激変するかわからない。それをクラン人もやっと見てとったようだ。自分でも力を振りしぼって上へ登りはじめ、あえぎながらプラットフォームのはしに横たわった。

サーフォ・マラガンがタイミングをはかっているあいだ、たまたまクラン人の獲物が見えた。野ウサギに似た動物で、それほど太ってはいないが、それでも肉を充分に提供してくれそうだ。だが、日中はずっと気温が高い。すこしでも腐敗臭がすれば、どうなるか……そう考え、マラガンは巨大なイノシシを生かしておくと決めた。こちらの意に反するようなことをして、殺すはめにならなければ。

イノシシが縁の下にきた。まだちょくちょく攻撃をしかけている。しかし、そのたびに刺されたり殴られたりして、逆の方向へ向けられていた。イノシシは混乱し、うろたえているようだ。どうやら必死の抵抗に慣れていないらしい。いつもは筋肉の強さにまかせてひたすら凶暴に狩りを実行しているのだろう。いまは、狡猾《こうかつ》で踊るようにはねまわる者と対峙している。つきたおそうとするとすぐに刺されて痛いので、近づけない。

イノシシはいつか、この混乱に耐えられなくなるだろう。そうしたら、辛抱しきれなくなる。なにも考えず、いま鼻先にいてたえず背中を狙ってくる敵に突進するだろう。

イノシシがちょうどいい場所にいるので、サーフォ・マラガンは跳びおりた。鋼のようにかたい筋肉の背中に着地する。

イノシシが頭をうしろにまわした。鋭い牙が近づいてくる。このときマラガンは、これまで自分に有利に働いていたものがすべてなくなったとわかった。イノシシはもうふたりの敵を意に介さない。やることはただひとつ、背中にすわっている男を殺すこと。マラガンが先手をとられたくなければ、イノシシを殺すしかないのだ。

この動物のどこに心臓があるかわからない。それに関してはキルクールでとんでもない驚きを経験していた。それに、狂乱状態のイノシシの背中でバランスをとり、ナイフを落とさないようにするので精いっぱいだから、皮のすぐ下にある血管を探すのはむりだ。

イノシシはプラットフォームからはなれていった。その場でぐるぐるまわり、敵に食いつこうとして、背中をまるめる。サーフォ・マラガンはますます動物の頭のほうに滑っていった。どうすることもできない。ただ、落ちたらぜったいに負けるということだけはわかっていた。手をはなせない。つまり、どっちみち負けなのだ。

めったやたらに刺すのはいやだった。たてがみのごわごわした剛毛にしがみつく。すると突然、左手の下に、薄く柔らかい肌を感じた。喉だ。マラガンはナイフを手にとった。両手をあけるために急遽《きゅうきょ》、口にくわえていたのだ。

ナイフで刺すときに、敵に同情した。キルクールの狩人の名誉に関する規範のひとつに、動物はすばやく、できるかぎり苦痛をあたえずに殺すというのがある。これまで、たった一頭の動物とこれほど長く戦った記憶はない。

馬乗りになっていたイノシシがくずおれたとき、マラガンは疲れはてていた。動物の背中をひとつきして、断末魔の痙攣《けいれん》で身をよじらせる重いからだからはなれると、砂の上を転がった。動物の驚くほど細い脚が砂埃を巻きあげる。厚い雲がかかったようにイノシシのからだが見えなくなった。

サーフォ・マラガンはあえぎながら立ちあがった。いまなお手にナイフを持っていた。

放心状態でそれをベルトにつっこみ、イノシシがまた見えるようになるのを待つ。

もう死んでいた。なにはともあれ、一発でしとめられたのがうれしかった。

マラガンはプラットフォームを振りかえる。

クラン人の奇妙な小屋から二百メートルほどはなれていた。聞き耳をたてたが、あたりはしずかだ。だが、すぐに自分たちのやり方で墓掘り人の役目をひきうける動物のうなり声やほえ声が、あたりに響きわたるにちがいない。

イノシシの腹を裂いて、なんとかはらわたを出した。柔らかい腹の皮を切りとって、動物の背中でひろげる。その上に心臓と肝臓をのせ、慣れた手つきできちんとつつんだ。その仕事を終えると、スカウティとブレザー・ファドンがやってきた。三人で大きな肉の塊りを適当なかたちに切りそろえて、重い荷物を背負ってもどった。

三人がプラットフォームにたどりついたとき、クラン人は縄梯子をひきあげていた。

5

「これからどうする？」ブレザー・ファドンはうろたえている。

サーフォ・マラガンは肩をすくめた。

「適当な寝るところを探そう。それから、ようすを見ればいい」

上からかすかな笑い声が聞こえてきた。

「あのクラン人、おもしろがっているようだわ」スカウティはうなった。

「ここから逃げよう」マラガンは思わずいった。「あいつに金属塊を投げつけられたら、たいへんだ」

ほかのふたりもわかっていた。もよりの斜面に駆けのぼる。しかし、砂丘の尾根につく前に、しゅっというビーム音が聞こえた。一瞬、まわりが昼間のように明るくなる。

頭上で砂が溶けて、ガラスのような塊りになった。

「こっちへこい！」クラン人が叫んだ。「さ、わたしのちいさい友たち、いっしょに食事をしよう」

それから、またあの笑い声が聞こえてきた。ベッチデ人たちは背筋が寒くなった。

「あいつは狂っている！」ブレザー・ファドンが吐きすてるようにいった。

「おそらく、そのとおりね」スカウティがささやいた。

二発めのビームは頭上すれすれに飛んだ。プラットフォームのほうにもどるしかないらしい。

「それでいい」クラン人は褒《ほ》めた。「こっちへくるんだ。豪華な食事をしよう。嘘じゃない」

「なぜ自分で肉をとりにこないんだ？」ブレザー・ファドンは文句をいった。「数メートル歩くのも面倒なのかな？」

「まったくべつの獲物に目をつけたということじゃないか」サーフォ・マラガンは次の銃撃を避けながら、もう一度プラットフォームに近づいていた。

ブレザー・ファドンは驚いて黙った。

「くるんだ！」クラン人が短く叫んで、撃ってきた。「それとも、おまえを生きたままローストしてやろうか。そのままできっと、コルニスのためのすばらしい焼き肉になるだろう。わたしにはほかのふたりで充分だ！」

ファドンはエネルギー・ビームの高熱を感じ、あわてて傾斜を滑りおりた。

「あいつはわれわれを焼き殺すつもりだ！」怒って叫んでいる。

「やっとわかったの？」スカウティが皮肉に答えた。

「あのクラン人にとってわたしたちは、献立に変化をあたえる未知の獲物なのよ。いつもはあのちいさな野ウサギのようなものしか捕まらないんだから」

「サーフォ、きみはいつもとても賢いじゃないか！　今回はなにも思いつかないのか？」

「どうしよう？」ブレザーはうろたえてたずねた。

「きみがもう口をつぐむなら、教えるよ」マラガンは不機嫌になった。

「気をつけるんだ。プラットフォームのほうに行こう。あいつが疑いを持つと困るから、あまり速くてはだめだ。しかし、あまりゆっくりでもだめだ。向こうは待ちきれなくなる」

「ほかに方法があるか？　そこならかんたんに捕まらない。あいつがわれわれに近づこうとするなら、縄梯子を使うしかない。そこで捕まえるんだ」

「プラットフォームの下にもぐる」マラガンはあっさりと答えた。

「それから？」ブレザー・ファドンはいぶかしげだ。

「持っている。でも、殺さないようにしよう。あのクラン人はスプーディをなくしたのだろう。思いだしたくはないが、われわれがやはりスプーディをなくしたとき、同じくぞっとするような状態で頭が働かなくなったじゃないか。あいつはそれをどうすることもできない。悪意からではない、病気なんだ」

「まだナイフを持っているの？」スカウティはたずねた。

「それでも危険だ！」ブレザーは指摘した。

「それをけっして忘れてはいけないな」サーフォ・マラガンは真剣にうなずいた。

「もっとこっちにこい！」クラン人が叫んで、もう一発撃ってきた。「こっちにくるんだ、祝宴の肉たち！」

三人は走り、砂丘の斜面を滑りおりた。しかし、クラン人が武器を使わないときは、かならずいったんとまった。

三十メートルまでプラットフォームに近づくと、サーフォが約束した合図を出した。ほとんどの荷物を投げすてて、まるで悪魔に追いかけられているように走ったのだ。

クラン人は怒り、叫び声をあげた。金属塊のひとつが宙を飛んで落ちてきた。しかし、あたらない。三人はプラットフォームの下につくと、あえぎながら地面に倒れこんだ。サーフォは転がって移動し、手をナイフの柄に置いた。しかし、クラン人は姿をあらわさない。

向こうはいくらでも待てるのだ。水と食糧を持っている。ベッチデ人はそれに対してなにも持っていない。

＊

急激な温度変化は砂漠の特徴だ。それはどんな惑星でも同じだろうと、三人ともすでに知っている。惑星クラン人トラップにあるこの砂漠も例外ではなかった。ひどく寒くなったのだ。三人は震えて歯を鳴らしながらも、プラットフォームの下にしゃがんでいた。火をおこすものがなにもない。さらさらした砂は氷のような手触りだ。三人はそれを開けて、巨大な心臓を細く切ると、生のままのみこんだ。まったく味がついていない肉なので、口のなかにいつまでもあると吐き気がする。胃にはいるとはじめて、体内に温かなここちよさがひろがった。残念ながら、長くもたないが。

クラン人はべつの場所に青いランプをさげていた。その光はプラットフォームの縁をこえてあらゆる方向を照らしている。明るいので、そうかんたんには逃げだせない。とりわけ、敵が最新式の武器を持っている場合には……

唯一の希望は、クラン人もいつか眠るだろうということだ。ほかの状況なら、ベッチデ人たちはこの時間を休養に使っただろう。ひとりが監視に立てば、それで充分だから。しかし、まったく眠れないほど寒い。さらに悪いのは、強い腐敗臭とたくさんの骨だ。これはひとつのことを示唆《しさ》している。自分たちはこれ以上ないほどまずい場所で立ち往生しているのだ。プラットフォームのまわりにいる生き物は、多かれすくなかれ、この大きく異様な金属構造物の下で餌を見つけることに慣れている。その一匹がこの晩に空腹を感じたら、まずはベッチデ人三人でそれを満たそうとするだろう。

三人は凍えないように動いていた。クラン人も寒いらしい。辛抱強く行ったりきたりしている。こっちの神経が先にまいりそうだ。プラットフォームはかなり薄いにちがいない。足音がはっきりと聞こえる。

いずれにしても、がまんくらべになるだろう。それなら三人のほうが上手《うわて》だ。それは自他ともに認めるところだった。しかし、慣れない苦しみがそこにくわわる。宇宙船が恋しくてたまらないのだ。その思いが三人を短気にさせ、いらだたせていた。つまらない理由で自制心を失うことになった。スカウティが遠くからの突然のうなり声で驚き、ブレザーの足を踏んだとき、これまでけっしてしなかったことだが、このベッチデ人は女をどなりつけたのだ。ブレザーが暗闇でうっかりして、サーフォ・マラガンにぶつかると、ふたりはおたがいの息の根をとめそうになった。

冷静さをうながすものがあるとすれば、それは頭上のクラン人の足音だ。

夜は永遠につづくようだった。やっとかすかな朝の光がプラットフォームの下にさしこんできたとき、骨に飛びつくちいさな昆虫のような生き物の群れがあらわれた。もう肉などついていない骨を何日間もかじっていられるのだろう。それでも、その鉗子《かんし》状の顎のあいだに肉汁したたる獲物が……たとえば、ベッチデ人の脚とか……はいってくるなら、それはそれで文句はいうまい。

伝説のソラナーの子孫たちはしかたなく、ちいさなジャンプをくりかえし、追いはらった。明るくなるにつれて、三人は船の外被の方向にもどっていく。

プラットフォームは細長い半島のように、まるい船の本体からつきでていた。どのようにつくられたのかは謎だ。緊急着陸の前にすでに存在していたのか？　どのような目的に使われたのか？　その答えは見つからない。しかし、べつのことを発見した。プラットフォームが船の外被と接するその場所に、均一でない部分があるのだ。

三人が登ってみると、そこには空間があった。前に調べたものと同じだ。

床はここも風に運ばれた細かい砂でおおわれているが、前に見たものよりもすくない。両わきの壁のあちこちで壁龕《へきがん》を発見した。最初はたいして気にしなかった。べつのものに興味をひかれたのだ。古くからのマークがついたハッチだ。

「ハッチだわ！」スカウティがささやいた。「これを開けられたら……」

「ロボットがその向こうで待ちかまえていそうだな」マラガンは釘をさした。

「そうとはかぎらないじゃない」

「しずかにしてくれ！」ブレザー・ファドンがいらいらして語気荒くいった。「聞こえないのか？　そこでなにか音がする！」

三人は耳を澄ました。

「水だ！」サーフォ・マラガンの口から言葉がこぼれた。

慎重に足音を忍ばせて、壁から水が噴きだしているところまで行った。その浸水個所が自然にできたのか、それとも人工的なものか、ひと目見ただけではわからない。このとき、三人にとってそれはどうでもいいことだったのだ。噴きだしている水の下に口をつきだす。

サーフォ・マラガンは勇気を奮いおこして警告した。

「ゆっくり飲むんだ。飲みすぎてはだめだ」

自分自身がこの警告にしたがえるかどうかは自信がない。

水はすばらしい効果を発揮した。特別うまいとはいえなかった。正確にいうと、こんなときでなかったら、飲めた代物ではなかっただろう。しかし、いまはこの浸水個所は命の泉そのもののようだった。

「これは船からきているのよ」スカウティはやっと息をついた。「ということは、船のなかにはもっとたくさんある。奥に進んでも、もう水の心配はないわ」

ブレザー・ファドンは思わず、頭皮のスプーディがいる場所を触った。なにも感じないが、そこにいるのはわかった。自信なくサーフォ・マラガンのほうを見ると、友が同じしぐさをしている。ふたりは見つめあい、急に笑い声をあげた。

「われわれ、勝ったな」サーフォはほほえんでいった。「なぜかはわからない。われわれにはクラン人よりも抵抗力があるのだろうか。でも、もうスプーディ病にはやられないと確信したよ」

ブレザー・ファドンはうなずいた。

「あのクラン人をなんとかしよう」と、提案した。「どうしようか？」

「相手が武器を持っているかぎり、近づけないわ」スカウティはそういって、「希望はあそこにある」と、ハッチを指さした。

「もし、本当にロボットがその向こうにいたら、どうする？」サーフォはたずねた。

「そうしたら、運が悪かったのよ。でも、わたしたちはロボットから逃げられたじゃない」

サーフォ・マラガンはあたりを見まわした。すぐ近くに奇妙な壁龕のひとつがある。ハッチから数歩しかはなれていなかった。

「そこにかくれられるぞ」マラガンは気づいた。

「壁龕を見ると簡易ベッドを思いだすわ」スカウティはつぶやいた。「きっと寝る場所だったのよ」

「まさか」マラガンは答えた。「この船は巨大だ。乗員のキャビンはきっとずっとなかにある」

「外壁はプレートを溶接して密閉してある」ブレザー・ファドンはいった。「前に見た空間と同じように」

サーフォ・マラガンは驚いたが、すぐに平静をとりもどした。

「それがなにを意味するかなんてどうでもいい。水の供給はどうやら機能しているようだ。もしかしたら、なかに乗員の生きのこりがいるのかもしれない。やはり王の花にやられた可能性も充分にあるが、不時着のときには生きていたと思う。そして、ここを生活できるようにととのえた」

「あそこの上で？」ブレザー・ファドンはたずねた。

サーフォ・マラガンはファドンの視線の先を見つめて、からだがこわばった。頭上高く、天井の近くになにかがある。遠くから見るとべつのものに見えるが、このホールの床にあるものよりも、かたちがはっきりとのこっていた。

家具だった。テーブル、椅子、奇妙なかたちのシート……狩人たちがセント・ヴェインの〝司令室〟で見たものに似ている。

「あそこもそうだ」ブレザー・ファドンが、ハッチのある正面の壁を指さした。「とりつけられていた跡がわかる」

「だとしたら、その残骸が壁の下のところにあるはずだが」

「ふむ」ブレザーはいった。「ロボットたちがかたづけたのかもしれない」

「それがなにを意味するか、わかるか？」サーフォ・マラガンは疑うようにいった。

「もちろんだ。この船の住人たちは真空状態に対する不安がなかった。空気のない空間を遮断するどころか、船を宇宙に向かって開放していた。むきだしの宇宙空間をここちよいと感じていたのだ」

「わたしたちみたいね」スカウティは身震いしながらささやいた。

「われわれは真空状態では生きられない！」サーフォ・マラガンはきつくいった。

「わかっているわ」スカウティは冷静につぶやいた。「でも、ほかの生物が宇宙空間を恐れているのをよく見たじゃない。一隻の船からべつの船へほんのわずかな距離を移動するにも、グラヴィトロンや命綱や、なんだかんだをほしがって。わたしたちにはそれは必要ない。ここで生きていた者たちにも必要なかったと思うわ」

サーフォ・マラガンは背筋に冷たいものがはしるのを感じた。

難破船をはじめて見たとき、それを感じていたのだ。この船は……外被の奇妙な色、とてつもない大きさ……

「これは《ソル》ではない！」サーフォ・マラガンは不機嫌になった。「《ソル》は難破船なんかじゃない。船の存在もその住人のこともだれも気にかけないような、どこかの名もない惑星におりたりはしない」

ほかのふたりは黙っていた。《ソル》が難破船になったとは思えないし、思いたくもない。あれやこれやの不愉快な考えから気をそらすために、三人は外のプラットフォームの上で悪だくみをしているクラン人に気持ちを集中させた。

「やってみよう」サーフォ・マラガンはきっぱりといった。「きみたちは壁龕にかくれるんだ」

ブレザーとスカウティが安全な場所に避難すると、マラガンはハッチを操作した。驚いたことに、ハッチはすぐに開いた。マラガンは跳びのき、もよりのかくれ場に頭から跳びこんだ。

一瞬、すべてはしずかなままだった。それから、ロボットが信じられないようなスピードであらわれた。急にとまってゆっくりと一回転する。

ベッチデ人三人は強い不安に襲われた。ロボットはときとして、生き物が人目につかぬ場所にかくれていても探せる。すでにもう自分たちを発見しているにちがいない。

すると、偶然が助けとなった。

クラン人が待ちきれなくなったのだ。外は夜が明けはじめていた。プラットフォームの下を見て、獲物にするはずの者がそっと逃げだしたと思ったらしい。

クラン人は口汚くわめき、めったやたらに撃ちはじめた。

ロボットがその前になにかを発見していたとしても、いま完全に気がそれた。ホールをぬけてプラットフォームに跳びでていったのだ。

サーフォ・マラガンは勢いよく立ちあがった。自分の計画を友に説明する必要はなかった。ハッチにたどりついたとき、ふたりはマラガンのうしろにぴったりとついていたからだ。

武器が背後でうなりをあげるのを聞いた。クラン人のブラスターの音よりも大きくて、恐ろしい。

そのときやっと、自分たちがなにをしでかしたかを、はっきりと知った。

ロボットはこのハッチを見張っていたのだ。招かれざる客がきたらどうするか、明白な命令を製作者から授けられていたらしい。ロボットがクラン人を殺したにせよ、麻痺させたにせよ、この状況ではたいした違いはないが……ただ、非常にすばやく自分の仕事をしたあと、持ち場にもどってくるだろう。

ベッチデ人たちの目の前にもうひとつハッチがあった。しかも、半分開いている。三人は滑りぬけて、船内に走りこんだ。

6

三人は不安に駆りたてられるように走り、疲れはてて倒れこんだ。このときまでにさまざまなキャビンや通廊を通っていたので、帰り道を見つけるのは苦労するだろう。あえぎながら、キャビンのすみに山積みになっているがらくたの下にもぐりこみ、待った。しかし、ロボットはあらわれない。

「こちらを見失ったんだ」サーフォ・マラガンはほっとした。ふたたび息をととのえると、慎重に立ちあがり、側廊をのぞきこんだ。「この船の司令室を探してみよう」

「そうかんたんには見つからないわよ」スカウティはいった。

「船は球型だ」ブレザー・ファドンは考えこんでいる。「司令室は中心部にあるはず。すくなくともその近くだろう」

「なるほど」と、マラガン。「しかし、この船の建造者はそれと同じくらいの説得力で、まったくべつの意見を主張したかもしれない。まず中心部で調べてみて、なにも見つからなかったら、さらにべつの解決策を探してはどうだろう」

「まだそれができる状況だったらね」スカウティは指摘した。「水と食糧がいるわ」

サーフォは黙ってうなずき、通廊の奥を指さした。

「行こう。ハッチがたくさんある。きっとなにか役だつものが見つかるだろう」

巨大な難破船のなかはとてもしずかだった。足音を忍ばせて歩く。キルクールでもっとも臆病な獣に近づくのに慣れていた三人も、これには苦労した。そっと歩くように努力したが、足音が外のプラットフォームに響く気がしたのだ。柔らかいブーツを脱いで、裸足で歩く。それでも数メートルごとに立ちどまり、あたりに聞き耳をたてた。

しだいに新しい環境に慣れてきた。宇宙船のなかにいるという事実を自覚していたので、さらに楽になった。なぜかわからないが、見知らぬ惑星のひろい空の下よりも、金属壁のなかのほうがたしかにここちよいのだ。ここでは視線はけっして地平線までとどかない。いつも壁にぶちあたる。しかし、それで気持ちがおちついた。

すぐに、いくつもあるハッチを開ける勇気がわいてくる。最初のハッチを開けると、ちいさな感じのいいキャビンだった。つくりつけのベッド、ちいさなテーブル、椅子がある。壁には大きな絵がいくつかかけられていた。どれも宇宙的な題材をあつかっている。星々、流星、銀河などだ。ほんのすこし色あせていた。家具は埃をかぶっている。

しかし、どういうわけか、住人がすぐにでももどってきそうだ。

さらにこのようなキャビンに四つはいった。それからやっと、そのひとつを詳細に調べようという気になった。壁は近くで見ると、最初に思ったよりなめらかでも単調でもない。つくりつけのロッカーを見つけた。そのひとつにかかっている衣服は、まさにブレザー・ファドンのためにあつらえたようだ。ファドンはためしてみようと、銀色のズボンと黒いシャツを身につけてふたりの前に立った。見慣れないせいか、スカウティが思わず両手を口にあてて驚くほど奇妙な格好だ。ファドンはあわてて、服を脱いだ。肌触りはよかったが、あえて長く着ていようとは思わない。あまりに異質だから。ほかのロッカーには大量の透明な立方体を見つけた。使い道はなさそうだ。そのままにして、慎重に扉を閉める。

スカウティがもっとも有益な発見をした。目だたない扉のひとつを開けると、その向こうにクラン人のバスルームと似た内装があったのだ。壁を触ると、氷のように冷たい水が音をたてて頭に降りかかった。こうして、ベッチデ人たちは渇きをいやすあらたな機会を得た。そのときサーフォ・マラガンはスイッチのひとつにうっかりもたれかかってしまった。扉がいくつも開いて、引き出しがひとつ壁から飛びだしてきた。透明ケースにはいったちいさくたいらな棒が半分まではいっている。たまたまクラン人の船で食べた凝縮口糧とよく似ていたし、ひどく空腹だったので、ブレザー・ファドンは思わず手をのばし、棒状のものの一本をためしてみた。

実際に食べられるし、満腹になる。三人はベッドにかけてある毛布をすこし切りとろうとした。しかし、軽くて切れにくい素材に降参した。ベルトをなくしていたし、服はぼろ布同様だったので、見つけた備蓄食糧を毛布の上に積みあげて、かなり大きなつつみをつくる以外になかった。

同じような内装のほかのキャビンをさらに調べた。そのいくつかでまた備蓄を見つけ、律儀《りちぎ》にすべてつつんだ。難破船のほかの場所もこのようだとは思えなかったからだ。

実際、奥のほうのキャビンの引き出しは空だった。すべては徹底的に掠奪されたことの証拠だ。いつ、そしてだれによるものかは確認できない。

通廊のいちばん奥のキャビンにまで行くと、三人は疲労感に襲われた。幅がひろいべつの通廊をのぞいてみるが、これまで見た部屋とは違って照明がなかったので、このあたりはあす調べることにした。船内で砂漠の夜が明けるのをどうやってたしかめればいいのか、わからないが……

キャビンのあいだに連絡扉があることは前から気づいていた。扉のどれも鍵が閉まっていない、つながった三部屋を見つけた。

ベッチデ人三人は通廊に毛布と枕を運びだして埃をはらってからキャビンにもどす。見たことはないが懐かしさを感じるベッドで就寝した。

＊

三人は数時間眠って、たっぷり食事をとった。ふたたび体力をとりもどすには充分だ。疲れがとれて、これまでよりも意欲的になっている。バスルームでからだの埃を洗いおとした。そのさいに突然、シャワー室のひとつが使えなくなったが、たいしてあわてなかった。キャビンがほかにたくさんあったし、船は大きい……

暗い通廊に立ってはじめて、三人は重苦しい気分になった。

見たところ、あらたな通廊がつづく先ははてしない暗闇のようだ。ちいさな明かりさえ、どこにも見えない。暗闇には本能的にひるんでしまう。

「べつの場所を探したほうがいいかもしれない」ファドンがささやいた。「その向こうでなにかが待ちぶせていたら、優秀な狩人のわれわれもお手あげだ」

「いったいなにが待ちぶせているというんだ？」サーフォ・マラガンはからかうようにたずねた。自分もいやな予感がするのだが……「われわれはジャングルにいるんじゃない。宇宙船のなかだ！」

「なるほど。しかし、どんな宇宙船のなかなんだ？　だれがつくったんだ？　どこに住人がいるんだ？」

「住人はどこからか連れてくるつもりなんだ。船はクラン人のものにちがいない。それを示唆するものは充分にある。見つけた凝縮口糧、バスルームの設計……」

「偶然の一致かもしれない。いままでに見たものでクラン人用のものはなかった。キャビン、家具、ベッド、すべてあまりにちいさい。人間のためにつくられたんだ、サーフォ！　なぜきみはそれをわかろうとしないんだ？」

「きみがいうほど確信はないからだ。われわれが泊まった部屋はどれもクラン人にはちいさすぎることは認める。だからといって、これがクラン人の船でないとはいえない！　クランドホル公国は多くの種族をかかえている。そのひとつがわれわれと似ていて、似たようなものを日常使っていたかもしれない。イストルがクラン艦でない宇宙船のことを語ったときに、勘違いした可能性もある」

「きみはセント・ヴェインよりも頑固だな！」ブレザー・ファドンは非難した。

マラガンはため息をついた。

「これまで知りえたことはすべて推測だ。証拠はない。だから、もう行こう。この通廊には怪物が待ちぶせたりしていないよ」

ブレザーは助けをもとめるようにスカウティを見たが、ベッチデ人の女はただほほえんで眉をあげ、うけながした。

ブレザーはおもしろくない。投げ槍をさらに強く握ると、マラガンのあとにつづいて暗闇にはいっていった。

はじめは調子よく前進した。出発してきた通廊からの光が、いくらかもれていたから。光はすぐに遠ざかるが、目が暗闇に順応してきた。やがて、人間の目は役にたたなくなる。

なぜ通廊に明かりがつくものと、そうでないものがあるのか、わからなかった。いまいる難破船では多くのものが破壊されたのだろう。それを答えとするしかない。狩人である三人には運命主義的な傾向がある。それは状況によっては非常に有用なのだ。壁がどこにあるのかわからないほど暗くなると、慎重に手探りしながら進む。こうして側廊二本を見つけた。やはり真っ暗だったが、壁龕がいくつもならんでいて、そこになにかよくわからないものがあった。

サーフォ・マラガンが壁龕のひとつでうっかりスイッチを押して、赤いランプがほのかに光りはじめた。これではじめてベッチデ人たちは、この壁龕にかくれているものがなにかわかった。

言葉にできないほど驚愕しながら、目の前にじっと立っているロボットを見つめた。それから、逃げだした。暗闇を忘れて、むやみやたらと走りだす。このとき強情をはってひどい目にあう者がいなかったのは、幸運な偶然にすぎなかった。

しばらくしてようやく、ロボットがその場所から動かないことがわかった。三人は立ちどまって、うしろを振りかえる。壁龕はまた暗くなっていた。通廊は以前と同様にしずまりかえり、聞こえるのは狩人三人のはげしい呼吸だけだった。

三人が気づいたことがもうひとつあった。

「ロボットの目が赤く光らなかったわ」スカウティがささやいた。「あれはもう動かないのよ」

三人は笑いだした。緊張が解けた。手をとりあって壁のところにもどると、先を進む。すこしすると明かりがついた。また驚いたが、今回はすぐにおちつきをとりもどした。

「ただの非常灯だ」サーフォ・マラガンはほっとした。「恐れることなど……」

その言葉は喉にひっかかったままだった。目の前になにかいる。

*

なにかが通廊いっぱいに立っていた。大きなものだが、華奢でもあった。数えきれないほどの細い枝があらゆる方向へつきでている。それがところどころ密集し、からみあって、太股の太さのザイルのようになっていた。どんな色かはっきりとはいえない。赤い光のなかではそれは黒にしか見えないから。いずれにしても、それは生きていた。かすかに動き、ときどきなにかをこするようなちいさな音をたてる。

「植物かもしれない」ブレザー・ファドンは自信がなさそうだ。

「船のまんなかに？」サーフォ・マラガンはいぶかしげにたずねた。「どこから栄養をとるんだ？」

「そんなことはどうでもいいわ」スカウティは不満げにつぶやいた。「わたしたちのだれかを食べようなんて思ってなければ、それでいいのよ」

「それほど血に飢えているようには見えない」マラガンは冷静にいった。

マラガンはそばにがらくたの山を見つけた。なかから長い金属の棒をとりだす。ためすように手にとって重さをはかり、ゆっくりと歩いていった。

植物を見くびるつもりはなかった。キルクールには肉食の植物が多くある。植物にしてみれば、ここの惑星の原住生物でも宇宙空間からきたベッチデ人でも、相手に変わりはない。もっとも抜け目のない動物よりも陰険な罠をしかけることが、ときどきある。惑星クラトカンでは、能動的に獲物を追いかけまわし、目標をしっかり定めて移動する植物を知った。しかし、自分たちをひきつけてやまないこの船で、このような例外的現象に出くわすことは考えていなかった。

だから、からみあった枝から細い蔓《つる》のようなものが出てきて、自分のほうに突進してきたときには、びっくりした。驚きのあまり、反射神経が命じるとおりに行動できなくなる。

わきに跳びのいた。蔓が通りすぎ、床に強くぶつかるのを見て、マラガンは満足する。スカウティがすばやく走りより、石斧を振りおろした。からみあった枝のどこからか、くぐもったうめき声が聞こえて、蔓が床で動かなくなる。すると、植物全体がいっきにひきさがった。

「植物ではないかもしれない！」ブレザー・ファドンがうしろから叫んだ。「うめき声を聞かなかったか？　植物ならそんなことはないだろう」

「そうとはかぎらない」マラガンは怒っている。

こちらに向かってはりだしてくる枝を慎重に避けた。暗かったが、それでもできるかぎりよく観察した。一本の細い茎に葉のようなものがついているのがはっきりと見える。

「とりあえず、そばを通るのはやめよう」そうつぶやいた。「こんなものと争いをはじめるのは意味がない。べつの道を探すしかないな」

「つまり、もどるの？」スカウティは驚いてたずねた。「あの長い道をもう一度？」

「もっといい解決法を知っているのか？」マラガンはいらだった。

「でも、この通廊は中心部に通じている。それを感じるのよ」

「わたしもだ。だからって、どうしろというんだ、スカウティ？　この化け物とはりあうことはできない。われわれが使える武器では！」

「あなたのいうとおりだわ」スカウティはがっかりしていった。「でも、やっと目的地にたどりつけると、とても楽しみにしていたのよ」

マラガンはスカウティがかわいそうに思えた。自分自身も残念だ。バーロ痣がまた焼けつくように痛みだす。おかげで、すばらしくしずかな夜はどこかへ消えさった。疲れはて、打ちのめされていた。

「この難破船さえ見つけなければ!」そうささやくと、行く手をさえぎる植物を憎しみをこめて見つめた。

また蔓が向かってきたとき、やっとおちつきをとりもどした。ほとんど機械的に避ける。スカウティは石斧を持っているが、べつの武器が必要だ。

ここはまだ船の中心部ではない。それはわかっていた。設計図を見なくても本能的にわかる。しかし、こんなところでこんな危険に出あうならば、奥にはいったらどうなるのだろう?

「もどろう!」マラガンは決断した。「もとの場所にもどるんじゃない。すこしだけだ。武器を手にいれなければならない」

一瞬、ためらった。自分の考えに驚いたのだ。それが言葉になるまで数秒かかった。

「ロボットをばらばらにしよう!」

7

感謝されたところでちいさな共生体にはどうすることもできないと、ベッチデ人たちはわかっていたが、スプーディが力を貸してくれるだろう。ありがたい。スプーディ自身は知性を持たない。宿主の体液を摂取するだけなのだ。その代償として、知性が高まるなにかをベッチデ人にあたえる。スプーディによって得られる理解力と総合判断力なしでは、確実に失敗するだろう。

だが、三人は自分たちに課した問題を克服した。数時間しかかからなかった。使えそうな武器を見つけたのだ。

残念なのは、手にいれたロボットがまったく戦闘向きではないことだった。アイチャルタン人がいつも投入するマシンとくらべると、この難破船のロボットは青二才みたいなもの。クラン人のロボットにすら勝てないだろう。

分解して、小型分子破壊銃とパラライザー、殺傷能力のあるブラスターを獲得した。とはいえ、ブラスターの射程距離は非常に限定されている。あとの残骸はそのままにしておこうと最初は思ったが、すくなくとも外被の一部を使えるとマラガンは判断した。分子破壊銃で金属を細い帯状に切った。剣として使える。のこった部分でひとりぶんの甲冑《かっちゅう》をつくろうとしたが、これはむりだとわかった。

ともかく、いまはもう無防備ではない。サーフォ・マラガンは意気揚々と〝剣〟を振り、植物のほうを振り向いた。

植物は近づいてきていた。こちらに興味をひかれたのだろうか。あるいは、襲いがいのある獲物にひきよせられただけかもしれない。

いずれにしても、マラガンはこの植物におさえきれない怒りを感じた。行く手をさえぎられるのががまんできない。命あるものにはいつも敬意を持つことにしているが、目の前にいるのは自然界のものではない気がするのだ。この船にいるはずがない存在だ。

「気をつけろ」からみあう枝に向かっていった。「われわれの行く手をさえぎるな。やっつけるぞ」

スカウティの声が背後でした。

「サーフォの頭がおかしくなったわ！　とめなければ！」

マラガンは気にしなかった。分子破壊銃と〝剣〟をつかんで、前進した。

自分のまわりで実際よりも時間がゆっくりと流れているようだった。植物の蔓がいつもはすばやく動くのを知っていたが、いまはまるでスローモーションのように這ってくる。マラガンは蔓に攻撃をしかけた。銃を撃ち、向きを変えて振りかえると、うしろは〝運河〟……障害物のない通廊ができている。床は埃と死んだ植物でおおわれていた。

「さ、こい！」マラガンは叫んだ。「わたしのあとにつづくんだ！」

枝の隙間が閉じていく。マラガンは乱暴に罵言を吐いた。振りかえりながら撃ったが、それで植物に前方からの攻撃のチャンスをあたえてしまう。前方の植物をかたづけると、背後の不気味な壁がますます迫ってくる。

危険にやっと気づいたとき、どうしようもないほどからみあった藪にはまりこんでいた。急にこれからどうなるかがわかり、パニックにおちいった。必死に戦いはじめる。友の助けなしではやられていたかもしれない。ブレザーとスカウティがやってきて、ふたりのところにたどりつくまで、植物の動きを封じてくれた。

サーフォ・マラガンはばつが悪そうに手で頭のバーロ痣をなでた。

「とんでもないミスをしてしまった」そうつぶやいた。

ブレザー・ファドンがそれを見て、突然、笑いだした。それはほかのふたりに伝染した。はじめはスカウティが、それからマラガンもがまんできなくなったのだ。

「べつの道を見つけよう」最後にはほほえみながらいった。「このいまいましい植物が船すべてを意のままにすることはできやしないんだから」

船のなかでは時間がわからない。照明のついている場所に出た。ここはどうやらつねに明かりがあるらしい。この不思議な船の乗員が以前に使っていたらしいキャビンもふたたび見つけた。そのいくつかには水と、わずかだが食糧もあった。食糧のほうはめったに見つからなくなっていたので、多少なりとも備蓄できるのがとてもうれしかった。

船の中心部に近づいているのを感じた。道に迷っていないなによりの証拠として、通廊が部分的に曲がりくねっている。〝地平線〟は遠くなさそうだ。

だが、奇妙な植物の抵抗はますますはげしくなった。

この船の守衛を自任しているのか、獲物候補を追っているだけなのか、ぴったりとあとをつけてくるのだ。こちらを出しぬいて、行く手をさえぎることもある。

三人は戦い、地歩をかためた。ときにはこの気味の悪い戦闘に負けて、退却した。

これをくりかえしながら、司令室のまわりを一回半以上まわった……方向感覚を失っていなかったらの話だが。もうがまんできなくなってきていた。

「われわれが船の心臓部に侵入する前に」サーフォ・マラガンは休憩のあいだにいった。「この植物の心臓部を見つけるしかない。息の根をとめなければ」

ブレザー・ファドンはぎょっとした。

「相手はものすごく大きいんだぞ！」と、ささやく。「それに、あれはたんなる植物じゃない。もしかしたら知性を持っているかもしれない。よく考えれば、すべてがそれを物語っている。そんなもの、かんたんに殺すことはできない！」

「やりたくてもできやしないさ」マラガンは冷静にいった。「しかし、チャンスを見つけて攻撃するしかない。ほかにまったく方法がないんだ。それをやらなければ司令室にけっしてたどりつけないし、司令室に行かなければ、この船がなにかわからない。それはもうきみたちも疑う余地はないだろう」

「この船は《ソル》にちがいないわ」スカウティはつぶやいた。「すべてのことがそれを裏づけているわ」

「その確信を得る手がかりがもうすぐ見つかるかもしれない」ファドンはなぐさめた。

「しかし、まずは植物をなんとかしよう！」マラガンは力をこめてそういうと、立ちあがった。

それと同時に大きな足音がした。それから、なにかきしむような音がする。

三人は顔を見あわせた。

「ロボットだわ」スカウティはささやいた。「わたしたち、見つかったのよ！」

三人は荷物をつかんであわてて逃げだした。

だが、逃走は突然に終わった。思いもよらないことだが、植物がまた目の前にいたのだ。いちばん外側の枝をたわめ、侵入者三人がロボットに追いこまれて跳びこんでくるのを待ちかまえているようだ。だが、植物がなにを待っていたのか、三人は今回はっきりと見せつけられた。近づいてくるロボットに恐れをなして逃げたのは、ベッチデ人だけではなかったのだ。

ときおり、わずかなシュプールを見ることがあったので、植物だけが船内唯一の生き物ではないと気づいてはいた。過去にこの難破船にはいりこんだ動物がいたのかもしれない。どうやって過酷な環境を生きのびたかは永久に謎のままだが、高い代償をはらったのだろう。船にいるあいだに、自分たちもその子孫も変化したのだ。

こうした生き物の数体が遠くに見えた。すばやく暗い通廊に逃げこんでいく。ベッチデたち人は奇妙な植物の相手で忙しかったので、この恥ずかしがりやの船の住人のあとを追うことはできなかった。植物のそばを通りぬける方法をずっと模索していたが、やっと植物のふだんの栄養源がわかった。

不格好な黒い生き物のちいさな群れが、奇妙な跳び方で近づいてきた。ベッチデ人はあわててわきによけて、壁にからだを押しつける。群れがまっすぐ植物に向かって突進していく。本能的に三人は前に跳びだし、動物をとめようとした。ところが、やや太った黒い生き物は突然、曲げていた短い羽をひろげて、ぎごちなく、しかし必死でベッチデ人の上を飛びこえていく。だが、植物に捕まった。金切り声やかすれ声をあげて、からみあう枝のなかに消えていく。すぐにあたりはしずかになり、やがて、藪のなかからかすかな、なにかが折れる鈍い音がした。

三人は驚いてそちらに目を向けた。なんの音かわかったのだ。

「骨が折れる音だ」マラガンはささやいた。

いつまでも驚いてはいられなかった。ロボットたちはそのまま近づいてくる。まだ音だけだが、姿が見えるようになったらベッチデ人には勝ち目はないだろう。なすすべもなく、まわりを見まわした。

こんなときにかぎって、どこにも側廊らしきものは見えない。壁に大きな開口部がいくつかあるので、万一のときはそこにかくれるしかない。ここにくる前に開口部の向こうを見たが、がらくたと破壊のシュプール以外になにもなかった。黒い生き物がそこから飛びでてきたのを見たので、この荒れはてた空間にはいる気はしない。しかし、ロボットにやられる危険はさらに大きくなっている。意を決してマラガンは跳びだし、ほかのふたりがすぐにあとにつづいた。

難破船の船内にはいまだにエネルギーの備蓄があるにちがいない。多くの場所で照明がついていた。ベッチデ人はもうあれこれ考えるのをやめて、そのことをありがたくうけいれている。とはいえ、このときは暗いかくれ場のほうが本当はよかったのだ。縁が奇妙にぎざぎざな開口部の向こうは薄明かりがついていて、ロボットにすぐに見つかってしまいそうだから。

三人は開口部のわきにあるがらくたのうしろに急いでかくれた。ねじまがった金属プレートやひきさかれたプラスティック・マットの類《たぐ》いだ。ロボットの一体が開口部の前に立ちどまる。ベッチデ人三人は息をひそめた。心臓の鼓動が大きく感じられる。

ビーム音を聞いたとき、自分たちの運命は決まったと思った。しかし、それは植物への攻撃だった。なにかを折るような、ひきずるような音とともに、植物が危険なロボットからはなれていく。マラガンは希望をいだいた。ロボットがいやおうなしに、こちらの問題も解決してくれるかもしれない。実際にロボットたちはあと数回撃って、ひきあげていった。

三人はしばらく待ってから、かくれ場の外を見た。

ロボットは植物の一部を燃やしていた。干からびた枝が上にのびている。何本かはまだ獲物をしっかりと持ったままだ。らせん状に巻きついた枝に黒い生き物がぶらさがっていた。羽は燃えていたが、長く鋭いくちばしと尖った鉤爪が見える。ベッチデ人の知っている鳥が変化したものかもしれない。蛇に似た生き物や、ミニチュアのような〝イノシシ〟も犠牲になっていた。この巨大な難破船で避難地を見つけたかもしれない祖先が退化したものだろう。ほかの動物はほとんどわからないほど、すでに植物の樹液で分解されていた。

ベッチデ人がまだ敵の死んだ部分に目をひかれているあいだに、なにかを折るような、ひきずるような音をたてながら、蔓が近よってきた。植物はとられた場所をとりもどそうと、あわてているのだ。

「むりだ」サーフォ・マラガンは気分がめいった。「ロボットが武器を使ってもできなかったのに、われわれがこの場所を通りぬけられるわけがない」

「ホールをぬけて迂回できるかもしれないわ」スカウティはいった。「だって、あそこではこの化け物を見かけなかったでしょ？」

「植物さえも恐れる生き物がホールにいるかどうかによる」疑り深そうにファドンがつぶやく。

「いるかどうか見にいこう」サーフォ・マラガンは決然と先に立って行った。

バーロ痣が焼けつくように痛んだ。疲労感に襲われる。それなのに、激しいよろこびの感情が理由なく襲ってきた。足もとにかたい床を感じる。目の前に視界をさえぎる壁がある。植物やロボット、さまざまな危険があるのに、わけもなくこの難破船が懐かしかった。

開口部から、複数のホールが集まる場所の奥深くまではいってようやく、この感情は消えた。目の前でからみあっている植物の藪をあらためて見て、正気をとりもどす。

「植物がぜんぶ攻撃的なら、そのままにしておいたほうがいいかもしれない」ブレザー

・ファドンはいった。

「攻撃的には見えないけど」と、スカウティ。

植物は大人の背丈ほどのグループをいくつかつくっていた。どこに根があるか、はっきりとはわからない。床はたしかに腐葉土でおおわれてはいるが、その層は非常に薄く、数多くの植物を養うには充分でない。いくつかは、やはり栄養不足に苦しんでいることがはっきりとわかった。しかし、それ以外は花を咲かせ、実までつけている。柔らかく、とても色の濃い葉をつけていることはすべてに共通していた。空気は湿っぽく、この船で見たどこよりも多くの照明がある……すべてがついているわけではないが、すくなくともそう思えた。黒い投光装置の下の植物が、とくに多くの花と実をつけている。はじめて、ここでは特殊で複雑な手法で植物が育っているのがわかった。この投光装置は植物がポジティヴに反応する光線を出しているのだ。

果実のいくつかを味見してみると、うまかった。からだにもよさそうだ。葉や茎、花も食べられることがわかった。大多数は根まで食べられるようにつくってある。

「不自然だわ」スカウティは小声でいった。「こんな植物もあるかもしれない。でも、こんなあちこちに……よく見てごらんなさい。どれひとつとして同じものがないほど種類がある。だれかが栽培したのよ。それも、かなり大々的に」

「それはひとつのファクターにすぎないな」マラガンはつぶやいた。「こんな植物があって、育てるための水と環境適応を可能にするエネルギーが充分にあったら、なぜ収穫しないんだ？　この農場をつくった生き物はどこにかくれているんだ？」

だれも答えられなかった。三人はゆっくりと植物群のあいだを進んでいく。細い道がいくつかあって、腐朽した植物の一部やちいさな植物にところどころおおわれていた。道のつきあたりに、プラスティックをつなぎあわせて建てたような小屋が見える。ベッチデ人三人の居場所としては充分な大きさだ。

疲れていたので、この機会に休憩をいれた。サーフォ・マラガンが最初の見張りに立つ。スカウティが交代したとき、雨が降ってきた。

「宇宙船のなかで雨！」マラガンが身震いしながらささやいた。「ここにないものなんかあるのか？」

しばらくして、さらに進むと、隣接するホールに迷いこんだ。やはり薄暗い光をひろげるいくつかの投光装置がある。しかし、生きている植物は存在しない。その理由はかんたんに見つかった。このホールには水がもはやなかったのだ。

三人は先を急ぎ、またキャビンのあるセクターに到着した。以前は生命体が住んでいたのだ。背丈や体型だけではなく、多くの点でベッチデ人と似ていたにちがいない。

キャビンはどれも、以前に見つけたものと基本的に違った。壁がむきだしになるまで、すべて撤去されている。つくりつけの棚はこじあけられ、ベッドはばらばらになっていた。ここで戦闘があった形跡があちこちで見つかった。どこにも水はなく、備蓄食糧を探したがむだだった。

自分たちの食糧ストックにたよらざるをえない。それはもうのこりすくなくなっていた。

「いざとなったら、ひきかえそう」サーフォ・マラガンはいった。

どこからか、爆発音が耳に飛びこんできた。船がかすかに揺れた。

「ひきかえせないんじゃないかしら」スカウティはほかのふたりが考えていることをいった。「ロボットが、だれか船にいると知って、いぶしだすことにしたのよ」

8

司令室までもうすこしだ。通廊はさらに曲がりくねっていた。外側セクターよりも保存状態のいい技術機器があるキャビンを見つけたが、どれも動かず、エネルギーが切れていた。明かりはほとんどついている。上層デッキに行くための反重力シャフトも見つけた。エネルギー・フィールドはたしかに上向きだ。

植物の姿は見えないし、音も聞こえない。安心した。いろいろなキャビンをより詳細に調べるためにすこし時間をとる。このとき、見慣れたものがはいった箱がならんでいるのを見つけた。

「スプーディだわ！」スカウティは思わずいった。「この船はスプーディを運んでいたのよ」

「そうだ、それはたしかだ」サーフォ・マラガンはおちついている。

スカウティは振り向くと、

「それがどういうことか、わからないの？」と、叫んだ。「ここは《ソル》ではないのよ！」

マラガンはむりやり笑みをつくろうとした。

「ここは《ソル》ではない」そうくりかえすと、深呼吸をする。「きみはわたしといっしょにこの発見をよろこぶべきだよ。これはすくなくともひとつのことを証明しているんだ。《ソル》はこの惑星に漂着しなかった。《ソル》はいまなお宇宙空間のどこかにいる可能性がある……動く船として」

スカウティは箱の上にすわりこんだ。

「クラン人の船なんだわ！」不機嫌になっている。「ここでなにか見つかると思いこんでいた。なにかわからないけど。そんなふうにわたしを見ないで。あなたたちだって同じでしょう。がっかりするのが恐かったから、考えないようにしてたわ。それでも、これが《ソル》であることを望んでいた。なんのためにこんなに苦労して、司令室にたどりつこうとしているのかしら？」

「確信を得るためだ」マラガンは冷静にいった。「残念ながら、この発見はわれわれの思い違いを証明した。それでも、司令室に行かなければならない」

「もっと大きな失望を味わうために？」スカウティはますますいやな顔をした。「もしかしたら、クラン人がまた変なテストをしているだけなのかもしれないわよ。わたしたちが司令室に到着したら、目の前にお知らせがあるの。〝きみたちはテストに合格した。

パレードをして賢人のところに連れていこう!〟ってね」

「ここでじたばたしてもしかたない」マラガンはおちついている。「先に進もう。箱の上にすわっていても、どうにもならないだろう」

「きみはすべてがどうでもいいんだ、そうだろう?」ブレザー・ファドンは腹をたて、スカウティを守るようにその肩に腕をまわした。「冷静に理性的に反応して、クラン人たちからプラス点をどっさりもらおうとしてる。違うかな?」

サーフォ・マラガンはうけながした。

「ばかなことをいうな!」そうつっけんどんにいう。「われわれは先に進まなければならない。水があまりないから」

「先には行かない!」ブレザー・ファドンはきっぱりといった。「もどるんだ」

「それなら、わたしぬきでもどれ」

「だめよ!」スカウティは思わず叫んで、立ちあがった。「いっしょに行くわ」

「スカウティ!」ブレザーはがっかりして叫んだ。

「ブレザー、あなたが自分自身でそう思わないなら」スカウティは振りかえらずにいった。「わたしはどうすることもできない。いずれにしても、わたしにはほかの選択肢はまったくのこっていないの。司令室へ行かなければ。やってみることさえしなかったら、一生後悔するわ」

サーフォ・マラガンはベッチデ人女性にうなずいてみせた。ブレザー・ファドンは一瞬、跳びかかりたくなるほどの嫉妬をマラガンに感じた。

すると、バーロ痣が奇妙に痛む。スカウティとマラガンのあとを急いで追った。

ふたりはまたファドンがついてくるのを黙って見ていた。

一時しのぎにつくった容器にいれて持ってきた最後のわずかな水を飲みほして、ブレザー・ファドンは突然いった。

「さ、行こう！」

ふたりはうなずいて、同意をあらわした。

「いつか《ソル》がどうなったかわかるときがくる」マラガンは考えこんでつぶやいた。「それがバーロ痣とどういう関係があるのかもわかるだろう」

不気味な植物はこのとき、ベッチデ人三人にあらたな攻撃をはじめる瞬間を待ちかまえていた。

＊

この怪物がすくなくとも知性のかけらを持っていると、三人は確信した。

植物は巧みに行動していた。音もなくベッチデ人に忍びよると、ホールに通じる道を見つけて、そこで壁の壊れやすい場所を探す。ベッチデ人の休憩場所からほんの数メートルしかはなれていない。しかし、音をたてずに壁に穴をあけることはできないらしい。ベッチデ人はこれで命びろいをした。

きしみ、裂けるような音が聞こえたのだ。まず金属プレートがかたむき、植物の枝がこちらに向かってきた。三人はすぐに逃げだした。

サーフォ・マラガンは背後で叫び声を聞いた。振りかえると、一本の枝がブレザー・ファドンに巻きついている。マラガンは怒りの叫びとともに植物に突進した。パラライザーを持っていたが、二発めを撃とうとしたとき、すでに役にたたなくなった。銃を投げすてて、急ごしらえの〝剣〟をぬき、枝を切りおとす。ブレザー・ファドンは植物にからみつかれていたが、なかば意識を失いながらもぬけでてきた。マラガンはそれを抱きかかえるようにして、この恐ろしい植物からはなれた。まわりを見まわすと、先端の枝がすぐうしろまできている。

「こんどは本気だ！」マラガンは叫んだ。「植物がわれわれへの狩りを開始したぞ！」

「敵の運がよければ、捕まってしまう」スカウティはあえぎながら答えた。ブレザーとマラガンを側廊の入口で待っていたのだ。ふたりがくると、ファドンを片側から支えた。

「けがをしたの？」スカウティはファドンにたずねた。

「あの怪物に肺から空気を押しだされたんだ」ブレザーはやっと答えた。「もしかしたら、そのとき肋骨を一、二本折ったかもしれない」

サーフォ・マラガンは植物に目をやりながら、同時にかくれ場を探していた。友ふたりを明るい照明のある穴に連れていく。ふたりはマラガンが理性を失ったのではないかと思い、この穴を通っていくという計画に反対した。しかし、サーフォ・マラガンは思わぬ力を出した。ブレザー・ファドンをかかえて歩きだしたのだ。こうなると、スカウティもしたがうほかない。

「もううんざりだ！」穴のなかにはいると、マラガンはいった。「あの植物にはそろそろ消えてもらいたい。ここにはいってきたら枝を切りおとすんだ。すぐにもどる！」

「あいつがなにを考えているか、わかるか？」ブレザー・ファドンは驚いてたずねた。

スカウティはかぶりを振り、穴を見つめた。それは均斉のとれたかたちをしていた。干からびた植物の残骸にかこまれている。枯れた蔦《つた》の下に鈍く光る線が見えた。

スカウティは走りよった。そばを植物の蔓二本が通りすぎて、ブレザーの怒りに満ちたうなり声が聞こえた。まだ自分たちふたりの命を守れると思っているにちがいない。

スカウティは光る線に集中した。目でそれを追って、蔦をその場所からわきに力ずくでひきはがした。

そこにはベッチデ人がスイッチのシンボルとして、以前から扉のわきに描いてきた弓形があった。スイッチを探す。すぐにハッチが閉じた。

植物は枝を数本失ったが、たいした意味はないのだろう。すでにべつの方法で獲物を捕らえることを考えているにちがいない。

「なんてことだ、サーフォはいったいなにを考えているんだ？」ブレザー・ファドンはあえぎながらたずねた。

「知らないわ」スカウティはつぶやいた。「奥にいるわよ。見にいく？」

ハッチの向こうでなにかをひっかき、はがすような音がする。植物がぬけ道を探しているのだ。ベッチデ人ふたりは慎重にあとずさりして、サーフォ・マラガンのところに行った。マラガンは歯を食いしばって、がらくたの山をひっかきまわしている。

「そこでなにをしているの？」スカウティはいぶかしく思ってたずねた。

マラガンは上を指さした。

「ここを太いケーブルがはしっていて」作業をつづけながら説明した。「あそこからもう一本きている。この下のどこかで二本が接触するようになっているのかもしれない。こんどはこっちが化け物に罠をしかけてやろう！」

スカウティは黙って〝剣〟をわきに置いて、マラガンの手助けをした。ブレザーも参加しようとしたが、ふたりはそれをさせない。痛みがあるのが見てとれたからだ。ふたりがケーブルを切断できる場所を探すあいだ、ブレザーはおとなしくしているしかなかった。

ケーブルはがらくたにうもれていた。じゃまになるものをどけると、出入口があって、かんたんに開いた。そのなかに光が見える。

「あれはなに？」スカウティはささやいた。「機械なの？」

「外観はそうだ。その向こうにわたしのいったケーブルがある。そこの機械につながっているようだ」サーフォ・マラガンは深く息を吸いこんだ。「非常用発電装置としか考えられない。もしそれが、わたしの望む半分でもいいから動いてくれれば、われわれはすぐに奇妙な植物から解放されるだろう。ここの上に注意していてくれ。ブレザーはいつ倒れてもおかしくないようなようすだ」

マラガンが出入口にからだを押しこむ。スカウティはそれを複雑な気持ちで見ていた。その下の装置は不気味だった。どう見てもクラン人の宇宙船のものとはちがう。マラガンはこちらを勇気づけるようにほほえんだ。スカウティはおざなりに笑みを返して、すぐにでも植物の侵入してきそうな場所に視線を向ける。

そもそもこの船で見た植物は、いつも同じなのだろうか。いくつもの個体があるのではないか？　ひとつの植物生命体を打ち負かしたら、ほかのものが復讐にあらわれるのではないか？

スカウティは自分自身をいましめた。植物が実際には持っていない能力を、持っていると思うところだった。それは危険だ。そんなことをしたら、植物を神秘化して、最終的に抵抗できなくなる。みずからの劣勢を認めることになるからだ。

そのあいだにサーフォ・マラガンは見たこともない装置がある小空間を調査していた。クラン人の技術にいくぶん慣れてきたところだった。だから、いま見つけたものに驚き、すこし恐れもいだいた。この船内にはベッチデ人に似た生物が多数、住んでいたのだ。同じような論理思考をするという前提で考えれば、多くのことが似ている。

ケーブルはなめらかな物体から出ていて、あいているソケットがいくつかある。すみの壁には巻かれたケーブルが複数かかっていた。調べてみると、どう見てもまだ使える。スプーディが必要な能力をあたえてくれたことを信じ、それをふた巻き、とった。共生体は不思議なやり方で、より高い知性を取得する手助けをしてくれる。それまでまったく気づかなかった関連性を見通すことができるようになるのだ。

クラン人のところでうけたヒュプノ教育は汎用技術もふくんでいたが、あくまでクラン人に適したものだった。異種族の技術をだれにも教えてもらったことはない。それなのに、マラガンはできたのだ。

二本のケーブルをイメージどおりにつなげた。機能するかどうかはたしかではない。しかし、いまはそのような疑念が危険なことは知っていた。

サーフォ・マラガンはケーブルを手にしてもどった。先端に触らないように、まわりとも接触しないように注意する。上に行くと、右の壁がひびわれていた。突破口はまだかなりはなれているが、植物が探るようにあたりに長い枝をのばしている。なにに反応しているか、わかった。

「もどれ！　こんなものの餌食《えじき》になるつもりか？」サーフォ・マラガンはスカウティとブレザーに叫ぶと、約束した。「あいつの食欲をだいなしにしてやる。しかし、きみたちがじゃまずると、こっちは動きがとれない」

ブレザーはサーフォの手のケーブルを見て、なにをするつもりかをとっさに悟り、

「幹に近い枝を捕らえるんだ！　われわれが手助けをしよう」

「手を出すな！」

ブレザー・ファドンは声をあげて笑った。

「いやだね！」と、不遜なようすで、「きっとできるさ。ただし、われわれが協力すればの話だ。最初の枝がわれわれのほうにきたら、それを防御して、ケーブルを使えるところまで進もう。ひとつだけ助言する。そうなったら、すばやくやるんだ。もし失敗したら、血路を開いてきみを救いだせるかどうかわからない」

「失敗しないさ！」

「それならけっこう。行くぞ！」

植物はまだ手探りしている。スカウティとブレザーは跳びでて、枝をさんざん殴った。すぐに植物のそのほかの部分が統一行動をとりはじめた。突然、たったひとつの地点をめざしはじめたのだ。

スカウティとブレザーはやけっぱちの勇気で抵抗した。この植物が知性体であろうとなかろうと、目的地への到達を妨げている。こちらが賢くたくみなところを見せなければ、即死だろう。

サーフォ・マラガンは戦わなかった。しかし、友にひけをとらないほどの勇気を見せた。鞭《むち》をふるうような枝のそばを通って、前にゆっくりと移動していく。一歩一歩、すべての枝が出てくる幹本体を目の前にするまで……

息をのんだ。

それは植物ではなかった。むしろ大蛇のように見えた。向きを変え、身をかがめている。この本体から全方向に触手のような枝が、最初はシンメトリーにつきだし、やがて枝分かれしてからみあっていた。

サーフォ・マラガンは同じような動物を見たことがある。ただし、たいていずっとちいさく、水中で生息していた。ミミズのようなもので、泥のなかに掘った穴にかくれていた。触手を罠として使うので、逃げようとするものはそこにひっかかって動けなくなる。狩りには出かけず、こうやって獲物を捕らえるのだ。

巨大な幹本体がのびて、ふたたび数メートルのところまで近づいてきた。その透き通った外皮のなかに、瘤のようなものがはっきり見えた。脈うっている。

「心臓だ！」マラガンはそうつぶやくと、ケーブルをしっかりとつかんだ。

勘違いだったらどうなるかは考えないことにした。巨体にむかって突進していき、心臓から目をはなさないようにする。相手がからだをまるめたので、脈動する場所を見失った。ふたたび見つけたときは、数メートルしかはなれていなかった。マラガンは跳びでると同時に叫び声をあげた。怒りがよけいに力をあたえてくれた。

どうやって敵を打ちのめしたか、その直後でもう説明できなかったかもしれない。気がつくと、透明な巨体の上にいた。ケーブルを透き通った外皮にさしこむ。この試みがまさに自殺行為であることはわかっていた。からだじゅうがむずがゆくなり、それから痛みが襲い、恐怖感で叫び声をあげた。それでも、手をはなして落下し、床にはげしくからだをぶつける前に、ケーブルをより深くさしこんでいた。

しばらくのあいだ、意識を失っていたらしい。ゆっくりと目ざめた。からだが痛くて、同時にまるで感覚が麻痺したようだった。一瞬、スカウティの心配そうな顔が上にあるのを見た。

「やつは死んだぞ！」ブレザー・ファドンらしいが、それでも声が変に聞こえた。「植物もどきを打ち負かしたんだ。きみは勝った」

意識が暗闇に沈んでいくようだった。

ふたたびわれに返ったときは、まだしっかりと回復したとはいえなかったが、命が助かったことは理解した。奇妙な感覚がのこった。なによりも、両手に違和感がある。両手を目の前に持ってきて、おや指とひとさし指をこすりあわせた。指同士は触れるが、手袋をつけているような感じがする。

いまはわたしの両手のことはどうでもいい、と、マラガンはぼんやりと考えた。目的地に到達するかどうかが問題なのだ。

なんとか意識をまわりに集中した。もう、そばに〝植物〟はいない。それがうれしかった。友がひっぱりだしてくれなければ、とんでもない反応をしかねなかったから。しかし、自分があの恐ろしい被造物の〝口〟らしきところに運ばれていないこともわかっていた。

「われわれは通りぬけられた」ブレザー・ファドンが小声でいった。

三人は船の司令室にたどりついた。目の前にはっきりと曲がった通廊があって、そこからつづく道はもうない。

しばらく探すと、開けっぱなしのハッチが見つかった。三人は興奮し、大よろこびだった。これからなにが起こるか、自分たちにもわからない。ただ、なにか大きなことが待ちうけているにちがいないのだ。

思ったとおりだった。

三人はあっけにとられて、何百という人骨を見ていた。

9

そのころ、第十七艦隊のネストでは最優先の作業が終わっていた。公国艦隊が増強され、これまでなおざりにしてきたことに集中する時間ができる。第十七艦隊ネストから百七光年はなれた名もない惑星からインパルスがくる件だ。当初はこれがなにを意味するか、まったくわからなかった。

公国の支配領域で起こっている未知の現象は、クラン人にとって目の上の瘤だった。まずは謎のインパルスの計略を見破ることに全力をつくす。それは長くはかからなかった。無人惑星からの脅威はすべての宇宙船を脅かすことがわかったからだ。

そのようなインパルスを送りだすすべを心得ているものが、ルクオ宙域に……もっといえば、第十七艦隊ネストのすぐ近くに……気づかれることなく住んでいたのかもしれない。この事実は興奮を呼びおこした。なかでもとりわけ、早くそこへ向かって適切な処置がおこなわれているか確かめたいという願望が生まれた。

クラン人は経験豊富だ。異惑星を征服するさいにつきまとう、さまざまな危険にうまく対処できる。特定インパルスによる知性体の操作……すなわち精神的感化は、よく使う手だった。この場合にもっとも効果的な防御方法をつきとめることも、ほとんど時間をかけずにできる。

今回の問題もすぐに解決した。船が数隻、詳細な調査のために出発する。船はその惑星に近づくと、危険なインパルスに影響されないために、特別に調整した防御バリアをはった。

すぐに巨大な難破船が見つかった。あの謎のインパルスと関係があるらしい。突撃コマンドがすぐに搭載艇で送りだされた。インパルスがこの不可解な事件においてどのような役割をはたしているのか、正確に調べるのだ。コマンドのメンバーもインパルスの影響をうけないように、艇をはなれるときは吸収ヘルメットを装備する。

搭載艇は難破船の近くにぶじに着陸した。メンバーは散らばって、異船への突入準備をした。

さしたる抵抗にはあわなかった。侵入者に対してまさに決死の覚悟で攻撃してくる、スクラップ同然のロボット二体をのぞけば……もちろん、ロボットがコマンドを阻止することはできなかった。だが一方で、凶暴になっているロボットのスイッチをそっと切ることもできない。ロボットはポジトロン・パーツが機能するかぎり撃ってきた。破壊する以外に手がない。残念なことだった。このロボット二体に関してのデータがもはや手にはいらないからだけではない。ロボットの破壊で気を悪くする者がいるかもしれないからだ。難破船は非常に大型で、建造者は相応の力を持っているかもしれない。クラン人は無意味な戦いを意図的にひきおこすようなことはしない。むしろ、公国の勢力拡大に充分に忙しく、それをあたえられた状況で可能なかぎり、平和的な方法でおこなっている。賢人がそれを望んでいるから。クラン人はこの希望をよろこんでかなえようとしていた。もともとは心底、平和的な人種なのだ。

ロボット二体の行動からすると、難破船の持ち主は温厚とはいえないだろう。この事実を考えると、クラン人が、作戦に参加した他種族のメンバーに対し、相手に抵抗の気配があれば武器の使用を例外的に許可したとしても、不思議ではない。

*

それは本当に人間の骨だった。ベッチデ人のものであってもおかしくはない。ただ、そのへんに散らばっているのではなく、せまい場所にひと塊りになっていた。

ベッチデ人三人の脳裏に第十七艦隊ネストでの出来ごとがよみがえった。スプーディ病の影響で身をよせあっていた、あの気の毒な者たちのことだ。同時に、ネストでの感染の恐れも思いだす。しかし、三人のスプーディはおとなしくしていた。バーロ痣でさえもまだ困らせることはない。ときどき、痛みはするが、ベッチデ人は慣れていたし、ほとんど感じなかった。

サーフォ・マラガンは、気がつくと自分の頭をなでていた。まわりを見ると、ブレザー・ファドンとスカウティがちょうど当惑して腕をおろしたところだ。

「どうやら、また難を逃れたようだな」ブレザー・ファドンはうわずった声でいった。

「しかし、ここでなにが起こったんだ？　ここにいたのは何者だ？　ベッチデ人か？」

「それはありえない」サーフォ・マラガンはつぶやいた。「クラン人の船が以前にキルクールに着陸したことがあるなら、われわれにもわかったはずだ！」

「これほど多くの偶然の一致は起こりえないわ」スカウティは小声でいって、ぞっとしたように骸骨を指さした。「これは、たまたまわたしたちに似ているというだけの異人ではないわ。わたしたちと同じ人間よ」

男ふたりは黙っていた。スカウティのいうとおりだが、それがただたんに推論でしかないことを知っていたのだ。しかし、それをあえて口に出そうとはしない。

三人はこれまでにないほど不安を感じていた。慎重に先に進んだ。骸骨のまわりを弧を描くように歩き、おびえたように周囲をうかがう。

難破船の司令室は巨大だった。いくつかの階層に分かれていて、それぞれが反重力リフトで結ばれていたが、もう動かなくなっているらしい。しかし、多くの場所でいまなお充分な照明があったので、異人の装置を見つけることができた。たくさんの梯子もあった。きっと非常時を考えたものだったろうが、いまはそれですみずみまでくまなく調べることができる。

この環境に長くとどまるにつれ、装置と制御コンソールが目になじんできた。クラン人の船で見た装置と似ているからだろう。驚くほど似ているものもあった。それでもやはり、スプーディの影響が目をひく。

骸骨もそれ以上はまったく見つからなかった。ここで死んだ者たちは、理由はわからないが、死ぬためにある場所に集まったのだ。だからといって、気が安まるというものでもない。しかし、それ以上に恐ろしい発見がなかったので、ベッチデ人たちはしだいに大胆になっていった。

サーフォ・マラガンが最初に装置に近づく。たいして期待はしていなかった。どこかに照明と空調設備を動かしている非常用発電装置があるはずだ。たぶん、長いあいだ動いていたはずだし、やがてとまるだろう。すでにもう、充分なエネルギーを供給することはほとんどできていない。照明が消えている場所もあちこちにある。空気は黴臭《かびくさ》い。しかし、マラガンはたくさんのスイッチにひきつけられた。古い装置をどうしてもいじってみたくなったのだ。

突然の反応があったので、ひどく驚いた。息をのむ。スクリーンのひとつが明るくなったのだ。揺らめき、一瞬はっきりとした映像があらわれたが、やがて消える。ふたたび試みようとすると、うしろの透明壁で仕切られたキャビンを調べていたスカウティの甲高い叫び声が聞こえた。

サーフォ・マラガンはいま夢中になっていたスクリーンのことを忘れた。大急ぎで走りだし、分かれているキャビンに通じるせまいハッチでブレザー・ファドンとぶつかった。

すぐにふたりは了解した。はっきりしているのは、スカウティはむやみやたらに叫んでいるのではないということだ。狩りの叫びという可能性は、はじめから除外されている。キルクールの狩人は声を出さずに狩りをするからだ。ベッチデ人女性は狩人の掟を忘れるほど不気味な、恐ろしいものに出くわしたにちがいない。それは驚きが非常に大きいことの証拠だ。ベッチデ人たちは覚悟をせざるをえなかった。

突然のことで驚いたが、自分たちがほとんど丸腰であることを思いだした。この巨大な難破船から強奪した最後の武器はとっくにエネルギーが切れている。なかば動物、なかば植物らしい不気味なものとの戦いで、最後のエネルギー・ストックを使いはたしたのだ。ブレザー・ファドンの槍は船のどこか奥深くに、折れたままで置かれているだろう。もう原始的な〝剣〟しかのこっていない。ロボットの外被からつくったものだ。

この状況にあわせ、ブレザー・ファドンはわきの穴に跳びこんでかくれた。一方、サーフォ・マラガンはほとんど使えない〝剣〟を手に、存在しない敵を待ちうけて見張る。

そのキャビンはほとんど空だった。扉の前にいくつか可動装置があるだけだ。ずっと奥の壁ぎわにある背の低いコンソールのあいだに、透明な蓋のついた奇妙な長い箱がある。その箱の前でスカウティはしゃがみこみ、顔を両手でおおって、驚きでほとんど動けないようだ。しかし、さしせまった危険はないらしい。

ブレザー・ファドンは急いでスカウティに走りよって、やさしく抱きあげた。女は箱から目をそむけている。

「そのなかに！」スカウティは小声でいった。「とても恐ろしいものが」

サーフォ・マラガンは謎めいた箱の中身が知りたくなってきた。スカウティはそうかんたんにおびえる女性ではない。多くの骸骨を前にしてもさほど動揺していなかった。マラガンは好奇心でいっぱいになりながらも、慎重さをまったく失わなかった。箱に目を向ける前にもう一度、慎重にまわりを調べたのだ。

そのキャビンが司令室のほかの場所よりもずっときれいなことに気づいた。床と装置にうっすらと埃がかかっているくらいだ。

箱に目を向けた。遠目には、なかに白っぽいものがあることしかわからない。蓋が汚れているのだ。スカウティが手で一ヵ所だけこすっていたので、なかが見えた。近づいて、じっと見つめた。だれかの顔がある。

マラガンは思わず、手で自分の頭のバーロ痣をなでた。額から後頭部にまで達している痣には髪の毛がなく、透明で表面が盛りあがっている。

まだ子供だったころ、バーロ痣に顔じゅうおおわれた老人がキルクールの〝船〟にいた。不気味だと思った。自分やほかの子供たちがいつもそのベッチデ人をなんとなく恐がっていたのを、いまだに思いだす。とくに、透明な隆起の奥深くにある目で見られると、背筋がぞっとした。

その老人の場合は、顎の下、耳のすこし前、髪の毛の生えぎわからは通常の皮膚になっていた。しかし、いま目の前にあるのは完全にバーロ痣におおわれた頭部である。人間の頭部だ。その醜い外観にもかかわらず……

ブレザーはまだスカウティをなだめて、おちつかせようとしていた。スカウティはとっくにひどいショックをのりこえているにちがいない。それなのに、されるがままになっている。サーフォ・マラガンはかすかな怒りを感じた。

しかし、嫉妬心はすぐに忘れて、箱に集中した。蓋はとても汚れていた。目をこらして見たが、からだらしきものはほとんどわからない。横からのほうが多少ましだが、それでも白いカバーのようにしか見えなかった。透明な皮膚が光を反射するからだ。サーフォ・マラガンははっとした。白いほのかな光が全身にひろがったように見えたからだ。

ぼろぼろのコンビネーションの一カ所をちぎりとって、蓋のあちこちをこすった。すると、すこしずつ、その下に横たわるからだが見えてきた。

どうやら、まだ若い男らしい。非常に背が高く、すくなくとも二メートルはある。とても痩《や》せている。盛りあがった皮膚がなかったら、さらに細く見えただろう。華奢なからだつきで、四肢はすらりと長い。いくらかその姿を見慣れてくると、バーロ痣の下に端整な顔がかくれているのが確認できた。目は大きく、口は表情豊かだ。柔らかく弧を描く唇はほほえんでいるように見えた。

この男はもうどのくらい、この箱のなかにいたのだろう？　どうやってここにはいったのか？　名前は？　いまこの状況で見つけたことにどんな意味があるのだろう？

この質問のどれにも答えはなかった。

ただ、ふたつのことがはっきりした。この未知者が実際に頭から足の先まで透明の皮膚におおわれているということと、まちがいなく死んでいるということ。箱のようなものは生命維持装置なのかもしれない。しかし、エネルギーの供給がすでにないのだ。それでも、安置された遺体を保存する効果があるのだろう。サーフォ・マラガンは蓋を開けて未知者を揺すってみたいという本能的な要求を感じた。意識がもどり、どうやって難破船に迷いこんだのか、ここでなにが起きたのかを話すかもしれない。

長いあいだ、じっと箱の前に立っていた。ブレザー・ファドンとスカウティがそばにやってきた。ベッチデ人女性は完全に自制心をとりもどしていた。注意深く箱のなかの男を見ている。

「ソラナーだわ、そうでしょう？」やがて、つぶやくように小声でたずねた。

「そうだ」サーフォ・マラガンは答えた。

さっきまで操作していた装置のことを思いだした。急に向きを変えて、そこから立ちさる。ブレザー・ファドンとスカウティはそのあとを追った。ふたりはサーフォ・マラガンになにが起きたのかわからず、うろたえ混乱していた。

マラガンはさっきうまくいったとおりにスイッチ操作をした。最初の試みでエネルギーを使いきってしまったのではないかと心配したが、スクリーンが明るくなる。

三人は魅せられたように、光に満ちた画面の向こうで動いているぼんやりとした姿を見つめた。しだいに映像がはっきりとしてきた。やがて人間のかたちをとる。数人は衣服を身につけており、なめらかな褐色の肌で、ほとんどが黒い髪だ。ほかの者は透明に盛りあがった皮膚をむきだしにしているか、せいぜい色とりどりの帯状の布地をからだに巻きつけているだけだった。しずかでおちついているように見える。一方で、ふつうの肌の者は興奮した身振りをしていた。

突然、スクリーン上の一団のなかに、見たこともない男がひとりあらわれた。どこから見ても人間だ。すらりと背が高く、一見すると若く見えるが、そう断言できないなにかがある。明るい銀髪で、目は赤い。明らかにほかの者から尊敬されているようだ。恐れから生まれた尊敬ではなく、愛され、一目おかれているらしい。

この一団は数分間うつっていた。スクリーン上の動作からは、なにを議論しているのか、手がかりはない。ベッチデ人三人の目はそれて、これまでたいして気にとめなかったものにとまった。

スクリーン上の光景は、自分たちがいまいる司令室のものだ。この巨大な船がまだ難破船でなかった日々を撮影した録画らしい。奥に大型スクリーンが見える。そこには宇宙空間がうつしだされていた。とほうもない深さの光のない深淵に、無数のほとんど見えないほどちいさな点が集まってできたレンズ状物体が浮かんでいる。

三人のだれも、このような視点からの映像を自身の目で見たことはなかった。しかし、その映像がなにをあらわしているかは知っている。さまざまな種族の住人を乗せた巨大船は、ある銀河の〝外〟にいたのだ。その辺縁部からはるかに遠くはなれたため、はてしなくひろがる巨大な銀河の全貌をカメラで把握できたということ。

突然くぐもった音がして、三人は驚いた。音はすぐに人間の声に変わる。奇妙なイントネーションで、単語のひとつひとつが聞き慣れない響きだ。それなのに、すべて理解できる。スクリーン上の人物がしゃべっているのは、ベッチデ人がキルクールでいまだに使っている言語の原型だからだ。

「……あらたな備蓄を船内にいれよう」銀髪の男がいった。「妥協するのだ。きみたちは外界との接触なしには、生きのびることはできない」

べつの男がスクリーンのすみにあらわれて、銀髪の男のところにきた。明るい褐色の肌、赤褐色の髪だ。

銀髪の男は相手をしげしげと見つめて、

「すべて順調か？　それとも、この計画の技術面になにか懸念でもあるのか？」

「いいえ、アトラン」赤褐色の髪をした男はほほえんだ。「《ソル》は問題ありません。飛行はつづけられます」

アトランと呼ばれた男がうなずき……録画はそこまでだった。

《ソル》だって！

ベッチデ人三人は麻痺したようになった。

惑星キルクールにクラン人があらわれてベッチデ人にスプーディを装着し、サーフォ・マラガン、ブレザー・ファドン、スカウティを新入り乗員として自分たちの白い船に迎えいれることにしたとき、三人はこの機会を逃さなかった。《ソル》を探すという計画をたてていたから。理由はわからないが、祖先が追放された船だ。いま三人は目的に到達した。それと同時に、永久に目的は失われたのだ。

《ソル》は難破船であり、死んだ船だ。もうけっしてこの惑星からふたたび飛びたつことはないだろう。ソラナーたちはとっくに死に、その子孫だけがキルクールという未開の惑星で生きのびた。しかし、子孫のベッチデ人たちは劣悪な環境と戦うことに夢中で、船をいかに使いこなすかということをとっくに忘れてしまった。ソラナーのようになることはけっしてないだろう。

ベッチデ人はいまだに、原始的で粗末な小屋の集まりにすぎない〝船〟で暮らし、《ソル》が飛来して自分たちを救うことを望んでいる。ひたすら、その日がくるのを信じていた。というのは、ソラナーがそれを約束したから。《ソル》がきたら、ベッチデ人は乗りこんで、自由に幸せに星々のあいだで永久に生きるのだ。

ベッチデ人たちはそれを信じている。サーフォ、ブレザー、スカウティは、事実を知らないままでいたかった。ソラナーが約束を守れないという事実を。

夢は破れた。ベッチデ人の希望を乗せた《ソル》はもはや存在しない。それは、生命の危険と隣りあわせの砂漠で、大量の害獣に逃げ場を提供するだけの金属の塊りにすぎないのだ。

三人は苦しみに浸った。絶望感から、まさにとりつかれたように録画を見た。すべてのしぐさをまねし、すべての話をもう一度かたることができるほど、くりかえし見る。

やっとわれに返ったのは、近くでハッチがこじあけられたときだ。特大のヘルメットをつけて武装した生き物の群れが《ソル》の司令室にはいってきたのだ。

クランドホル公国は大きく、多くの種族をかかえている。ベッチデ人にとって運が悪かったのは、目の前に突然あらわれた者たちと、以前にクラン人の宇宙艦の艦内で会っていなかったことだ。しかし、たとえ出会っていたとしても、ベッチデ人のそのときの状況では正しい結論はひきだせなかっただろう。

武装した大勢の生き物を前にして、三人はほとんど同時といっていいかもしれないが、とっさにある考えが浮かんだ。目の前にいるのは罪人だ……だれかが《ソル》を壊し、祖先の船をこの荒涼とした惑星で難破させた。だれかそれをやった者がいるはずだ、と。この生き物はちょうどまずいときにベッチデ人に出くわしたのだ。

敵は数のうえではるかに勝《まさ》り、すぐれた武器を持っている。しかし、三人にとり、そんなことは眼中になかった。ただ、はりだしたヘルメットの奥にある敵の憤激した顔だけを見ていた。

三人は死にものぐるいで敵に向かっていった。この戦いを生きのびることはないだろう。死んだソラナーの恨みを晴らすこともできないかもしれない。だが、運がよければ、相手の数人を痛めつけることができ、せめて《ソル》の船内で死ぬことができる。

サーフォ・マラガンが奇妙な〝剣〟で敵にかかっていったとき、自分のふるまいが無分別なこと、すべてはただの間違いであることに気づいたが、どうすることもできなかった。状況はマラガンの力のおよばないところまできていたのだ。相手に跳びかかっていく自分も、その動機も、いいかげんな考え方も、滑稽でばかばかしいと思った。しかし、明らかに自分のものではない腕が〝剣〟をかざし、自分の脳とつながっていない声帯が甲高い戦いの雄叫《おたけ》びをあげていたのだ。

クラン艦隊の突撃コマンドは、驚いて動きをとめた。ぼろをまとった三人が襲いかかってきて、そのあたりのごみの山から持ってきたような武器を振りあげるのだ。どんなにはげしい抵抗にもたちむかうようにと指示をうけていても、まともに相手をするのはむりだ。艦隊メンバーのなかには、声をあげて笑って武器をしまい、この頭のおかしい相手と殴りあいをはじめる用意をする者もいた。

だが、ベッチデ人三人の態度を目の前にして、コマンドの隊員はようやく自分たちの間違いに気づいた。この三人は大まじめなのだ。急ごしらえの武器が命中する。死者は出なかったが、当然、負傷者がでた。

突撃コマンドの隊員たちはふだんのユーモアを忘れていた。仲間が一撃をうけてくずおれ、黒い血が床を染めるのを見て、怒りに燃えた。一名がブラスターをぬいて撃つ。あたらなかったが、司令室の奥までとどいたエネルギー・ビームの勢いで、装置のひとつが粉々に飛びちった。

次の瞬間、大混乱になった。ブラスターがうなりをあげ、宙航士たちが叫ぶ。ベッチデ人も同様に叫んだ。痛みや怒りからではなく、はげしくわきおこる勝利感からだった。自分をコントロールできないが、それでも……あるいは、それだからこそ……人間ばなれしたすばやさで反応する。スプーディの影響に助けられていた。三人はまだ無傷だった。一方、敵はどうやらすぐに逃げだすしかないようだ。

隊員たちは洞察力を失っていた。ブラスターを撃ってくるが、けっしてベッチデ人にあたらない。あたるのはさまざまな装置だ。武器を投げすてて、一騎打ちに挑む者もいた。しかし、ベッチデ人にとっては、この状況でスポーツマンの名誉もフェアプレイも頭にない。一般的なルールはすべて無視したのだ。

結局は艦隊メンバーのほうが優勢になっていった。ベッチデ人はしだいに苦境におちいる。最後の瞬間が近づくのを感じて、力を倍増して戦った。それでも、どうにもならなかった。敵はいま、完全に冷静さをとりもどして、傷ついた仲間の復讐をしようと決心していたからだ。

突撃コマンドの隊員は時間をかけた。後退してベッチデ人たちから充分に安全な距離をとる。最初の者が武器をとり、狙いを定めた。ベッチデ人を殺すつもりはない……すくなくとも、最初の一撃では。この蛮人三人は、そんなことではすまされないほど多くの災いをひきおこしたのだ。艦隊メンバーは撃った。ビームがわきをかすめ、ベッチデ人は不安と痛みでダンスを踊っているようだった。

このとき、突撃コマンドの第二部隊が司令室にやっと到着し、戦闘場所近くのハッチまできた。あらたな部隊のリーダーは、背の高いがっしりとしたからだつきのターツだ。

目の前の光景を見て怒り、歯のあいだから押しだすような声を発した。異人三人に明らかに不利な状況だ。このようなチャンスの不平等に、ターツの正義感がいらだった。部隊にこの乱戦に介入する命令を出そうとしたそのとき、リーダーは目を疑うものを見た。

異人三人が身につけているのは原形をとどめないぼろきれだ。しかし、ブーツはまごうことなくクラン艦隊のものだった。

トカゲ生物の発する声に、新入り宙航士たちはわれに返った。攻撃をやめる。異人三人にあらたに襲いかかる前に、四方にゆっくりとひきさがった。

ターツはリスクを冒さなかった。部下を六体、つまり異人それぞれに二体ずつ送りだした。すぐに異人から武器をとりあげ、自分の前に立たせる。暗い目をして三人を見つめると、

「おまえたちの種族はなんというのだ？」歯のあいだから声を出す。

「われわれはベッチデ人だ」サーフォ・マラガンはまだぼうっとしながら答えた。

これで、この捕虜がクランドホル語をしゃべれることがわかった。思ったとおりだ。

部下に指示してベッチデ人三人を連行させた。べつの一宇宙船に運び、そこで尋問することになるだろう。ターツはこの事件を上層部に報告した。そのさい、インパルスの出どころに関する、べつのおおいに期待が持てる手がかりが見つかったことがわかった。

この大きな難破船のさらなる調査は、これ以上もう必要ない。

ターツは部下といっしょにひきあげた。しかし、その前に捕虜三人を見つけた大きな部屋を見まわした。

ベッチデ人三人とこの難破船にいったいどのような関係があるのか、この巨大な船はどこからきたのか、頭を悩ませる。キャビンを次々に見てまわり、べつの階層にも行ってみた。そこには骸骨があった。この謎は解けない。

ターツのリーダーは最後に《ソル》をはなれ、砂漠の砂のなかに立った。そこでもう一度振り向き、自分が出てきたハッチを慎重に閉める。

それはただの象徴的な行動にすぎなかった。ほかのハッチは開けはなしてある。見張りのロボットは破壊された。やっと難破船は砂漠の砂と動物のものになるのだ。

賢人の使者

クラーク・ダールトン

1

クラン人ケロスがクランドホル公国第十七艦隊ネストの指揮をまかされたとき、自分への信頼を、当然、誇りに思った。

スプーディ病の痕跡はすべて消えた。この点で防疫コマンドはその義務をはたした。あとは修理部隊と組みたて部隊がひきうける。発生した故障の修理に二週間かかった。

ネストにはまたあらたに要員が配備され、すぐに使えるようになったのだ。

ケロスは自分にも要員にもおおむね満足だった。要員の大部分はクラン人だが、トカゲに似たターツ、水色の毛皮動物プロドハイマー＝フェンケン、技術的にすぐれているリスカーもいる。ケロスは全員に、慰労のための休暇をあたえようと決心していた。

ネストはダブル・ステーションとも呼ばれ、遠くからは積み重なったふたつの半球のように見えた。上の半球のほうがちいさいため、環状のスペースができる。その上に艦船が着陸し、エアロックを通って、格納庫にはいるのだ。

ケロスは搭載艇での巡察飛行中で、〝自分の〟ネストを満足げに見ていた。狼ライオンのからだを寝椅子の上でゆったりとのばす。寝椅子は制御コンソールのすぐ前にあって、楽にスクリーンと周囲を見ることができるのだ。

基地と船が数隻見えるだけで、不安材料はなかった。ケロスはこの状態がつづくことを願う。

光信号がその安らぎを奪った。

思わず立ちあがって、近距離映像通信のスイッチをいれた。通信将校のひとりがスクリーンにあらわれる。その表情で、なにかよくないことが起こったとわかった。

「司令本部で通信を傍受しました、指揮官。着陸態勢にはいっている特殊船からのものです。計算では、あすにはここに到着するはずです」

ケロスは寝椅子に沈みこんだ。

「特殊船だって？ 第二の防疫コマンドだろう。第一コマンドの作業を点検するようにいわれたのだ。興奮することでもない……」

「その船ですが、指揮官、クランから直接きています」

ケロスが勢いよく立ちあがったので、寝椅子が留め具からはずれそうだった。

「クランから直接だと？」首まわりの毛が逆立った。興奮している証拠だ。

「そうです、指揮官。公爵の特別大使である〝賢人の使者〟ジョンスが乗っています」

「賢人の使者……！」ケロスはそうつぶやくと、すりきれている寝椅子に力なく倒れこんだ。「なんてことだ！」

「歓迎の準備をしなければなりませんね」将校はいった。「要員には知らせるべきでしょうか？」

「そうだな」ケロスはうなった。「すこし説明をしよう。数分でエアロックにはいるつもりだ。以上！」

スクリーンは暗くなった。

ケロスは横たわったまま、足で自動着陸装置のスイッチをいれて、ちいさな搭載艇をそのまま基地の誘導ビームにまかせた。

＊

公国の正式な全権大使で、しかも賢人の使者が惑星クランから第十七艦隊ネストに到着するというニュースを聞き、だれもが興奮していた。

だが、ターツたちだけはこの事実をおちついてうけいれた。そういう気質なのだ。

ケロスは短い説明をした。そのなかで、使者訪問の意味を力説する。ジョンスはすでに謎の賢人と実際に会っているかもしれない……そうほのめかし、使者の付加価値をより高めた。秩序と規律を守り、尊敬の念を持つように命じた。

基地のなかで活気に満ちた活動がはじまった。清掃ロボットがほとんど音をたてずに居住区域を進んでいき、がらくたやよけいなものはすべてかたづける。

ネストの司令本部は、すぐに塵《ちり》ひとつなくなった。不快感をあたえるような足跡をのこすかもしれないと思うと、ケロスは恐ろしくて足も踏みいれられない。

遠距離探知センターでも大忙しだった。いつ予告された特殊船が時間軌道をはなれて、通常空間にもどるかもしれない。

ケロスはしだいにおちつかなくなった。そんな必要はないと自分にくりかえしいいきかせたのだが……情報伝達の責任者である将校に考えごとを中断されて、ぎくりとした。

「船は時間軌道をはなれました。ネストに近づいています」

ついにきたか！

その直後、司令本部の大スクリーン上でも船が見えた。公爵の紋章が外被に黄色く輝いている。

ケロスは膝の震えをなんとか克服して、不安げに立ちあがると格納庫へ向かった。クランからの船を迎えいれようと決めていた格納庫だ。すべての下位指揮官と将校たちが客を出迎えるために姿をあらわしていた。

やがて、内側エアロック・ハッチが開く。ちいさめの船が格納庫へ滑りこんできた。

全員、魅せられたように主ハッチを見つめている。ゆっくりと開いた。豪華な絨毯《じゅうたん》を敷きつめたタラップが出てきて、そのはしが格納庫の床に触れると、歓迎委員会は直立不動の姿勢をとった。ハッチに賢人の使者があらわれたとき、ケロスは片手をあげて挨拶する。

この瞬間、氷のように冷たい水を頭から浴びせられた気がした。

こちらを探るような使者の目と目があって、ケロスはうろたえてしまった。

2

クラン人のジョンスは身長が二メートルあまりしかなく、まだ十六歳だった。それでも自信に満ちている。それがさいわいして、高位につくことができたのだ。

スプーディ病発生後の蔓延《まんえん》を上首尾で食いとめたあとの第十七艦隊ネストを点検するという任務に、それほど大きな意義を認めていない。型どおりのルーチンワークだ。しかし、自分個人としての意義はしっかりと見すえていた。

ジョンスの乗る船《カリツ》が時間軌道をはなれ、星々がふたたび見えるようになると、目的地である基地がスクリーン上にあらわれた。自分の訪問がそこでどのような興奮を巻きおこしているか、想像した。シニカルな笑みが顔いっぱいにひろがる。

着陸とエアロックへの進入は滞りなくおこなわれた。ジョンスは開かれたハッチに歩みでて、歓迎のためにあらわれた基地の指揮官と将校たちに目をやった。当然のことで、とくに関心をひくものではない。

しかし、指揮官の非常な驚きと失望に気づいた。指揮官は、賢人の使者が歓迎に応えるより早く、挨拶のためにあげていた手をさっさとおろしたのだ。

わたしの若さのせいだ。ジョンスはこみあげてくる怒りをおさえた。自分の若さが指揮官を狼狽《ろうばい》させたのだろう。この指揮官は、高位の役職を年長者の特権だと思っている者のひとりなのだ。こちらをまともに相手にするつもりはない……

ジョンスは考えるのをやめて、歓迎委員会に挨拶し、タラップをおりた。できるだけ威厳に満ちたふるまいをして、自分の偉大さに疑いをいだかせないようにする。指揮官の前で立ちどまった。

「指揮官ケロスと見うける。わたしはジョンス。賢人の使者であり、公爵たちのじきじきの使いだ。このようなりっぱな歓迎に感謝する。わたしは数日間、この基地に滞在するつもりだ。ここ数週間のすべての日報の提出をお願いしたい」声は心持ちきびしくなっていた。「おわかりかな？」

ケロスの表情から、だれもその考えを読みとることはできない。まったく無表情のまま、指揮官は答えた。

「わかりました、使者ジョンス。日報はすでに用意してあります。ご満足いただけるだろうと思います」

「そう願いたいところだ。すぐに記憶バンク・センターに案内してもらおう。さっそく仕事をはじめたいのだ」

わずかなとまどいをのこして、歓迎委員会は解散した。一方、ケロスは案内のため、ジョンスの前を歩いていた。ふたりのクラン人はひと言も言葉をかわさない。記憶バンク・センターにつくと、扉が自動的に開く。ケロスは使者を先に行かせた。

「担当者になんなりと申しつけてください、使者ジョンス」

「〝賢人の使者〟ジョンスだ！」若いクラン人はとくに力をこめて訂正した。

ケロスはただうなずき、その場をはなれた。

ジョンスはまわりを見まわした。記憶エレメントが場所の大半を占めている。それぞれがスクリーンと音声モニターをそなえていた。コンソールの前には例外なくリスカーがすわっている。一クラン人が監督をしていた。そのクラン人は丁重な挨拶のあと、ジョンスにいった。

「いつからの日報が必要ですか？」

「最初からだ。疫病とそれに関することすべての。それに、そのあとなにが起こったかも。時系列でたのむ」

ジョンスが日報を見ているあいだに、ケロスは司令本部にもどった。失望をしだいに克服しはじめる。賢人の使者のイメージは、もっとべつなものだったのだが。あんな青二才ではなく……

あの若いジョンスは特別に優秀で、父親は強い影響力を持つ人物なのかもしれない。

すると、面倒なことにならないように、それなりのあつかいをしなければならない。ケロスはよりいっそう慎重になろうと決心した。

しかし、思ったほどかんたんではなかった。そのあと何度、逆上寸前になったことか……

使者ジョンスは日報を詳細に調べるだけでは満足せず、基地の勤務状況にも関心をしめした。

非常識な時間帯に前ぶれもなくネストのどこかにあらわれて、要員とその居室を調べ、非常事態訓練をおこなう。とくにクラン人たちには、絶望的な気分になるほどきびしかった。

はっきりとした理由もわからないまま、このいやがらせが突然やんだ。ケロスはほっとしたが、理由を考える。そこへ、記憶バンク技術者のひとりがやってきた。なにかあったのかたずねると、賢人の使者がある日報をくりかえし読んでいるというのだ。

「それはどのような日報だ？」

「女艦長ダクシエルが記録したものです。おぼえていますか、指揮官？　ダクシエル指揮下の《ブロッドム》が、クラトカン基地からベッチデ人と名のる異人三人を連れてきたことを。三人は幽霊船を探していて、クランにも行きたがっていました。このネストの一調査船が名もない惑星で巨大球型船を見つけたことを嗅《か》ぎつけ、伝令船一隻を奪って、そこへ向かったのです。それ以来、三人は消息不明です」

「使者はその異人に興味を持っていると？」

「そのとおりです、指揮官」

ケロスは考えこんだ。その異人三人が、もしかしたら使者がやってきたおもな理由なのか？　クランでは、そもそもそのことを知っていたのか？

「もっと探りだすんだ」ケロスはそう指示して、技術者を去らせた。

＊

ジョンスがはじめて《ブロッドム》の女艦長の報告を聞いたとき、電気ショックをうけたようになったのは事実だった。疑念が芽生えて、頭からはなれないのだ。ちょうどまた巡回査察をはじめようとしていたとき、リスカーがやってきて、これまでまだ見たことがないものをデスクの上に置いた。それは3D写真だった。

「アーカイヴで見つけました」リスカーは説明した。「お役にたつかと思いまして。その写真は《ブロッドム》艦内で撮影されていて、この基地に送られる前の異人三人がうつっています」

異人三人……！

ジョンスはその写真を見つめた。なんとか平静をよそおう。

「なるほど、ごくろう」そうつぶやいた。

写真を手にとって、司令本部に向かった。ちょうど、ちょっとした修理作業を指示していたるケロスがいた。ジョンスはその写真をさしだした。

「これがベッチデ人だという異人か？」

ケロスは目をあげて、うなずいた。

「そうです。この三人です」

「三人はネストから一赤色恒星の方向に向かったと日報に書かれていたが」

ケロスは使者の切迫した調子に驚いた顔をして、

「もどってくるかもしれません」と、いった。

「そうだといいが！」ジョンスはその写真をふたたび手にとった。「この異人を探すんだ。船を派遣できるか？」

「赤色恒星のセクターにいくつかの部隊が展開しています。ひょっとしたら異人を見つけるかもしれません」

「偶然をたよりにするのか？」ジョンスは驚いた。「すくなくともそれらの部隊と連絡をとってみるんだ。なにか情報がはいったら、即刻わたしに知らせるように」

「仰せのとおりに」ケロスは約束し、ジョンスがセンターを出ていくと、安堵のため息をついた。

なぜそれほどベッチデ人三人に興味をしめすのか。ジョンスはだれにも教えなかった。ほんのすこし眠っただけで、それ以外は通信センターにとどまっている。

赤色恒星の惑星から最初の報告がはいったが、支離滅裂だった。なにか問題が起こったらしい。クランドホル公国の艦が出発の準備をしているということだけは、はっきりとしていた。その目的地は第十七艦隊のネストだという。

ジョンスにとっては衝撃的なニュースだが、顔にはまったくあらわさなかった。しかし、こちらをひたすら観察しているケロスをだますことはできない。

＊

翌日、もどってくる艦が通常空間でインターヴァルにはいると、雑音のない通信連絡をとることができた。

ケロスは満足感をかくしきれなかった。ジョンスに非常に興味深い報告ができる。自分のところにきてもらって伝えた。

「われわれの勇敢な部下が難破船を見つけて、三人を捕虜にすることに成功しました。報告によると、ベッチデ人と名のる異人だそうです。ここに連れてくるでしょう」

使者の目のあたりがほんのすこし痙攣《けいれん》している。しかし、その声はおちついていた。

「艦が到着したら、すぐにわたしのところに連れてくるように。危害をくわえることは許さないし、丁重にあつかってほしい。約束してくれ」

「艦長にすでにそのような指示を出しました」ケロスは答えた。

「それでいい」ジョンスは褒《ほ》めた。「公爵たちは、この用意周到な行動に感謝するだろう」

ジョンスは一度も振りかえることなく、そこから立ちさった。

3

サーフォ・マラガン、ブレザー・ファドン、スカウティがクラン人に捕まるのはこれがはじめてではなかった。今回は、惑星クラン人トラップで見つかった巨大難破船……《ソル》の船内だ。

この難破船はダンベル形船の球型セルふたつのうちのひとつだった……もちろん、それをベッチデ人三人は知らなかったのだが。船内には骸骨しかなかった。故郷惑星キルクールにいる同胞をのぞけば、三人がソラナー最後の生きのこりであっても不思議はない。

「わたしたちが映像で見た銀髪のアトランって、だれなのかしら?」スカウティは未知の人物の姿がどうやら忘れられないらしい。

ファドンはそれを横目で見て、

「きみにはとても魅力的だったんだろう?」と、たずねた。「もうずっと前に死んでいてよかったよ」

「死んだ人に嫉妬するなんて最低!」スカウティは非難した。

「そのとおりだ」マラガンは口をはさんだ。「それに、いまは喧嘩をしている場合じゃない。われわれはまさに苦境におちいっているんだ」

「でも、クラン人はわたしたちに親切よ」スカウティはひろいキャビンを見まわした。

「キャビンは充分にひろいし、バスルームまであるし、それに……」

「……それに、ドアには鍵がかかっている」マラガンはスカウティの列挙をとめた。

「艦が出発してもう二日だ」ファドンが指を二本のばした。「もしネストにもどるとしたら、三日以上はかからない。クランに向かっているとは思えないな、いまは」

「どうして?」

「この艦は第十七艦隊の所属だから。かんたんなことだ」

スカウティは立ちあがり、キャビンを横切って隣りのバスルームへ消えた。大きな音をたてて鍵を閉めている。

「きれい好きもあそこまでいくとマニアックだな」ファドンはいった。「きょうはもう二度めのシャワーだ」

「きみも浴びるといい。損にはならないだろう、ブレザー。いつまたチャンスがめぐってくるかわからないじゃないか」マラガンはいった。

ランプが光り、キャビンのハッチが開いた。一ターツが食事を持ってくる。トレイをテーブルに置いたところで、マラガンはたずねた。

「われわれが第十七艦隊ネストにもどろうとしているかどうか、教えてくれるか？　それとも、目的地はクランなのか？」

ターツはドアまでさがると、

「第十七艦隊のネストだ」と、進んで情報を提供した。「もうすぐ到着する」

「ほら見ろ！」マラガンは食事と飲み物を点検した。「悪くないな。急いで食べよう」

ファドンはバスルームのところに行った。ドアの向こうではまだ水の音がする。

「食事だよ、スカウティ！　きみはもう充分きれいになったよ！」

「なぜわかるの？」声が聞こえてきた。「はじめていて。すぐに行くわ」

やがてあらわれたスカウティは、友の讃美のまなざしを悠然とうけとめて、いっしょに食べはじめた。

食事がまだ終わらないうちに、エンジン音と振動が変わった。時間軌道をはなれたのだ。つまり、目的地のすぐ近くまできたということ。

＊

捕虜三人は搭載艇で第十七艦隊ネストに運ばれた。

艇が着陸態勢をとっているあいだに窓から見ると、いくつか変わっているところがあった。修理チームは疫病が原因でできた損傷をとりのぞくために、働きつづけたにちがいない。基地の内部では以前との違いがさらに大きかった。

ケロスは異人三人をどうしてもみずから出迎えようとした。使者ジョンスの指示を考慮し、精いっぱいていねいな態度で接する。

「賢人の使者ジョンスがきみたちと会いたがっている」ネストの指揮官だと短く自己紹介をしてからいった。「船で待っているそうだ」

マラガンは格納庫で待機する船にすでに気づいていた。自分たち三人をそれで惑星クランに連れていくつもりらしい。

「だれです、賢人の使者とは？」マラガンはたずねた。「クランドホルの賢人となにか関係があるのですか？」

「そうだ、関係がある。しかし、いまはとにかく行ってくれ。惑星クランの使者をこれ以上待たせてはいけない」

艦が通常空間で最後のインターヴァルをとったときからクラン人乗員たちの態度が変わったことに、マラガンは気づいていた。それがこの使者となにか関係があるのだろうか？　いまは三人に監視さえついていない。

船のハッチは開いていて、タラップが出ていた。

マラガンはファドンとスカウティに黙ってうなずいて、先に立って歩いた。ハッチへとあがっていくとき、不安になった。すぐに公国の拠点惑星からきたクラン人と対面することになる。それが、自分たちがいままでずっともとめていたチャンスなのだろうか？

マラガンはファドンとスカウティがそばにくるまで待った。エアロック室にはなにもなく、内側ハッチは開いていた。その向こうの通廊は同様に人影がないし、だれも姿をあらわさない。

歓迎の挨拶が聞こえた。

「もよりのリフトに乗るんだ。プログラミングされているから。わたしはキャビンできみたちを待つ。ここまでの道は指示する」

自分たちを観察しているのだ。マラガンは安心している自分に驚いた。使者に会ったことはないが、信頼できるかもしれない。

これが思い違いでなければいいのだが……と、わずかに不安を感じる。

リフトがとまった。三人は通廊に足を踏みいれた。一瞬とほうにくれていると、ふたたび声がした。

「右だ。その四つめのハッチだ」

前に立つと、ハッチが開いた。

そこはふつうのキャビンとはまったく違った。床と壁は色鮮やかな絨毯におおわれている。クラン人の体型にあわせた、すわり心地のよさそうな椅子がいくつか、まるいテーブルのまわりにあった。

その椅子のひとつに、クラン人としては並はずれて小柄な若者がすわっていた。興味深そうにこちらを見ている。三人がはいっていっても立ちあがろうとはしない。それでも手招きをしていた。

「すわってくれ。客としてもてなそう。わたしは賢人の使者ジョンスだ」

すこしとまどいながらも、ベッチデ人三人は腰かけた。マラガンが自己紹介をひきうけて、次のように結んだ。

「われわれ、クラン艦隊の新入りの制服を着ていたのに、捕虜にされたのです。抗議するのは賢明でしょうか？」

「その抗議はおぼえておこう。よりくわしい状況を調べて、すぐに結論を出す」ジョンスはさらに三人をじろじろと見ている。「わたしが得た情報によれば、きみたちは惑星キルクールからきたそうだな。たいして重要でない種族だというが」

マラガンは慎重に言葉を選ぶことにした。

「戦争をせず、平和に暮らしているのが重要でないというならば、あなたのいうことは正しいです、ジョンス」

使者はしばらくようすをうかがうようにこちらを見つめていた。その顔には、マラガンの発言への不快感は見えない。

スカウティはがまんできなくなった。

「わたしたちをどうするつもりですか？　指揮官ケロスにいわせると、あなたはここでは特別な立場だそうですね。きっとわたしたちを助けられると」

ジョンスはほほえんだ。

「もう助けたよ。わたしがいなければ、きみたちはいまだに捕虜だった。いまはきみたちは客だ」

「なぜ助けたのですか？」スカウティははっきりとたずねた。

ジョンスはここちよさそうに椅子にからだをもたせかけた。

「きみたちのことがもっとよくわかって、わたしに時間があったら教えよう。まだいくつかこの基地ですることがある。そのあとで、わたしの計画をきみたちに知らせる。それまではきみたちはわたしの個人的な客だ。行動は自由だ。ただし、わたしの船《カリッ》のなかだけだが」

「基地のなかはだめなんですか？」ファドンはたしかめた。

「それは得策ではない。ケロスが了解しないだろう。きみたちをまだ捕虜だと思っているから。不安をあおる必要はないだろう？」

この使者が自分たちをどうするつもりなのか、わからないのはマラガンだけではなかえるつもりらしい。いずれにしても、使者はなんらかの代償として〝捕虜〟に条件つきの自由をあたえるつもりらしい。

「船からははなれませんよ」マラガンは約束した。「質問してもいいですか、使者ジョンス。これからどこへ行くことになるんですか？」

ジョンスは今回は完全な称号で呼ばれるのをあきらめたようだ。

「クランかもしれない。きみたちはやはり、わが故郷惑星をじかに知りたいだろう。わたしの思いちがいかな？」

「われわれはずっと前からクランへ行きたかった」マラガンは認めた。

ふたたびジョンスがほほえんだ。

「それならば、われわれは意見がきっと一致する」使者は話を打ち切りにするつもりだと、しぐさでしめした。「この通廊ぞいにきみたちの新しい居室がある。進んでいくと、ドアが開いている。すべて準備してある。必要なものはすべてそろっているはずだ」

「食べ物もですか？」ファドンはすぐにたずねた。

「もちろんだ！　さ、もう行ってくれ。わたしはすることがある」

三人の居室は宇宙船のキャビンというよりも、むしろ快適なアパートメントだった。ふたつの大きな部屋、バスルーム、ロボット・キッチン、食糧と飲み物のたっぷりはいった貯蔵庫……ファドンは貯蔵庫を点検して、満足そうだ。

「ここでしばらくやっていこう」みんなの意見をまとめた。

マラガンはベッドで思いきり手足をのばすと、「あのジョンスをどう思う?」インターカムが切れているのを確認してからたずねた。スカウティはちいさなわきの部屋をすばやく占拠していたが、連絡用ドアは開けっぱなしにしていた。

「使者がこちらになにを望むのかをいったのだったら、応えられるけど。わたしたちになにをしてほしいのか、まったく見当がつかないわ」

ファドンも似たようなことをいってから、次のように締めくくった。

「もしかしたら、われわれがベッチデ人だということと関係があるのかもしれない。種族をよくいっていなかったが」

＊

ジョンスは基地の機能と効率を調べてから、ケロスにいくつかの非常訓練をやらせた。指揮官は、使者がネストをはなれたらすぐに、自分と部下に一週間まるまる休みをあたえようとひそかに誓う。

ジョンスとの話から、ベッチデ人三人が捕虜ではなく客としてあつかわれたことを知った。その理由をたずねたが、答えをはぐらかされた。同じ質問をくりかえしたとき、ジョンスは〝あなたには関係ない〟と、はっきりいった。

ケロスはまたこの小柄な若いクラン人にばかにされたような気がしたが、平静をよそおった。使者がクランでネガティヴな報告をすれば、まずい結果が生じかねない。

ケロスは《カリツ》が第十七艦隊ネストをはなれるときを待ち焦《こ》がれた。

ついにその日がきた。

「わたしは二時間後に出発する」要員たちが日々の定例会議に集まったとき、ジョンスはいった。「基地は完全に機能を回復した。要員の士気も非の打ちどころがない。わたしは再建にはたしたあなたの働きに、けちをつけるつもりはない、ケロス。あなたは非常に協力的だった」

「ありがとうございます、賢人の使者ジョンス」ケロスはほっとして答えた。「われわれは自分たちの義務をはたしているだけです」

「公爵たちもそれを期待している。そうでなければ、これほどの巨大な星間帝国の存在は不可能だった」

ジョンスはケロスとさらにいくつか言葉をかわして、ていねいに別れの言葉をいった。指揮官が将校たちを格納庫で整列させる前に、使者はすでに船のなかに姿を消していた。ハッチが閉まる。

ケロスはベッチデ人三人がもはや自分の命令権のもとにはないことを、このときはっきりと知った。三人はクランに運ばれることになっているのだ。

自分が持ったことのない特権を、賢人の使者は持っている。

ケロスはむくれ、失望して、《カリツ》の出発を見とどけるために司令本部にもどった。

*

ジョンスは出発準備のあいだ、《カリツ》の司令室にとどまった。首席操縦士はトルスという名前のリスカーだ。インターヴァルをふくめ、《カリツ》が数日で故郷惑星に到着するように、コースがプログラミングされる。

船が時間軌道にはいって、スクリーン上の星々が消えると、ジョンスは〝客〟とのあらたな話しあいに行くことにした。充分な気配りで、訪問を事前に予告しておく。おかげでスカウティは、残念ながら急いでバスルームを出るはめになった。

「思うんだが」マラガンはいった。「ついにジョンスがわれわれになにを望んでいるかを知ることになる。われわれは数時間前からクランに向かっているはずだが……ジョンスが嘘をついたのでなければ」

「どうして?」スカウティは身づくろいを終えていた。「どうして、わたしたちに嘘をつかなければならないの?」

「わからない」マラガンは白状した。「ただ、そんな気がする」

ドアが開き、ジョンスがはいってきて、椅子にすわった。

「きみたちにそれなりに快適な環境を提供できていればいいのだが」使者は話をはじめた。「またすこし話をしよう。まずは、わたしが疑問に思うことをはっきりさせたい。きみたちはクランに行くのが願いだと話した。そのさい、まだそこに行ったことがないような印象をうけたのだが。わたしをだまそうとしたのか？」

この話の流れに、マラガンは心底びっくりした。相手の意図がわからなかったが、そんなそぶりは見せない。友にはそっと警告の視線を投げた。

「なぜ、われわれがあなたをだまそうとしなければならないんです、ジョンス」敬称さえはぶいた。「すでに行ったことがあるとしても、クランはわれわれの目的地です。どこか非論理的で、矛盾する点があるのですか？」

ジョンスのほほえみは心からのものとは思えなかった。

「矛盾はないが、確信が必要なのだ。だから、わたしはいまからきみたちにたずね、ひとつの明快な答えを待つ。きみたちはかつて惑星クランに行ったことがあるのか？」

スカウティとファドンは賢明にも黙っていて、答えを友にまかせた。マラガンはためらった。

「逆にききます。なぜ、あなたはそれを知りたいのですか？」

ジョンスは一瞬、明らかに動揺した。しかし、それから威厳を見せる。

「わたしが質問しているのだ。それを忘れるな、マラガン！　それでは答えてもらおう。きみたちのだれかが、かつてクランに行ったことはあるのか？」

「ありません！」マラガンははっきりとした声でいった。「われわれのだれもそこに行ったことはない。それは真実です」

賢人の使者の顔に失望感が浮かんだ。しかし、それもほんの一瞬だった。

「わたしは信じない。そのような偶然は存在しえないからだ。もしそうだとしても、わたしの意志は変わらない。行ったことがあってもなくても、きみたちをクランに連れていくつもりだ。クランではわたしが要求することをしてもらいたい。わたしが賢人に謁見できるよう、お膳だてするんだ！」

マラガンは思わず口をあんぐりと開けた。それほど啞然としたのだ。スカウティとファドンも茫然として、声も出ないようだ。マラガンがつかえながら言葉を発するのに、かなり時間がかかった。

「え……謁見？」

「賢人と会うことだ、マラガン！　そんなに理解するのがむずかしいことなのか？」

「まったく理解できません、ジョンス！　あなたは賢人の使者でしょう。われわれはただ噂を耳にするくらいで、賢人が何者か、そもそも存在するかどうかさえ知らない。ケロスもどんなクラン人も、あなたは賢人を知っていて、一度ならず会っていると思いこんでいるはず。いまの要求は、あなたが賢人に会ったことはないという意味ですか？」

「そのとおりだ！　わたしは賢人の使者だが、まだ会ったことがない。非論理的に聞こえるかもしれないが。しかし、きみたちのような存在は賢人と懇意なはずだ」ジョンスは一瞬、目を閉じた。疲れていて、無気力で、ほとんど絶望的な印象をあたえる。「きみたちは本当に一度もクランに行ったことはないのか？」

「ない！」これまで以上にはっきりとマラガンはいった。「一度も！　あなたには、われわれに説明しなければならないことがあるようだ。どうです？」

ジョンスはマラガンを見つめた。

「いや、そうは思わない。あとでそういうことになるかもしれないが。いまはただ、考えたい。きみたちに関することで、いくつか決断をくださなければならないんだ」

ジョンスは立ちあがって、ハッチのほうに行った。そこでもう一度、振りかえる。

「きみたちは当面、キャビンをはなれないでほしい。鍵はこれからもかけずに」

スカウティはしだいに遠ざかる足音をじっと聞いていた。それからハッチをそっと閉めて、立ったままいった。

「わたしたちがまだクランに行ったことがなく、一度も賢人に会ったことがないという新事実がかなりショックだったようね。計画がめちゃくちゃになったんだわ」

「わたしもそんな気がする」マラガンは賛成した。「ジョンスの期待はずれがわれわれの状況に悪い影響をあたえないことを、ただ祈るだけだ」

「なにがなんだかわからない」ファドンはいった。「ジョンスはわれわれを、なにかまったく特別な存在だと思っていたにちがいない。そして、いまわれわれがふつうのベッチデ人だと知って失望した。ほかの説明は思いつかない」

「あなたはわからないといったけど」スカウティはファドンを非難するように、「その予想はきっと真実にとても近いのよ。ジョンスはこちらに助けを期待していたのに、それがだめになった。あの人は賢人に会いたくて、わたしたちがそれに協力するはずだったのね。なぜかって？　わたしたちの外見から、伝説的存在の賢人と関係があると思ったのよ。ただの推測だけど」

マラガンはファドンにうなずいてみせた。

「もう食事に集中するっていうのはどうだ、ブレザー？　腹が減ると考えられない」

ファドンは毒グモに刺されたように急に立ちあがった。

「ときどき、きみは本当にいいことをいうな」

祝宴をプログラミングするために、完全自動キッチンにすばやく姿を消した。

＊

ジョンスはキャビンで考えこんでいた。自分が勘違いをしていたことに気づいたのだ。目的を達成しようという熱意のあまり、先を急ぎすぎた。自分の質問に異人三人は不審をいだいたにちがいない。そして、なによりもいま、大きな影響力を持つはずの賢人の使者が捕虜の力を必要としているという、その事実を知られてしまったのだ。

三人に自分の弱みがばれてしまった。

捕虜三人に助けをもとめたことがクランでわかったら、まずいことになるだろう。自分のことをだれもまともに相手にしなくなる。それだけは避けたい。

「もう三人をクランに連れていくことはできない」ジョンスはひとりごとをつぶやいた。「しかし、わたしが三人を連れてクランに行こうとしているのを指揮官ケロスは知っている。それに関する情報を保存したか、クランに伝えていたら……」

ジョンスは黙った。窮地におちいったことがますますはっきりしたからだ。

だれか信用できる者と話さなければ。リスカーのトルスしかいない。いい地位につけてやったし、いくつか便宜をはかった。こんどはトルスが借りを返す番だ。

ジョンスはトルスに操縦を交代して、話があるから自分のところにくるように伝えた。

トルスが賢人の使者のキャビンを訪ねるのははじめてではない。まったく違う外見のふたりを結びつけたのは友情ではなく、むしろ利害関係だ。ジョンスはその立場ゆえに、たいていひとりぼっちだから、話し相手がほしかった。リスカーのトルスは、この信頼関係で自分の有利になることがある。それがうれしかった。

トルスにはもともと、まったくべつの名前がある。だが、この四本足と触腕四本を持つタコに似た種族の名前は、非常に発音しにくいのだ。トルスはいつも呼吸マスクをつけていて、あまり話さない。本当は外見とはまったく違うのだが、黒い毛皮は陰気で威圧的に見える。

「雑談の時間ですか？」トルスは椅子のひとつにもたもたとすわって、八本の手足すべてをのばした。「この時間帯には、いつにないことですね」

「きみの助言が必要なんだ」ジョンスはすぐに本題にはいった。「捕虜のベッチデ人三人が船内にいることを知っているだろう。しかし、ある理由から三人をクランに連れていくことはできなくなった」

軽く低いうなり声が、トルスの驚きをうかがわせた。

「三人を厄介ばらいしたいのですか？」

「そうだ。ただし、完全に合法的に。トルス、どうすればいいと思う？」

リスカーはしばらく考えていたが、やがて口を開いた。

「あっさり殺すつもりではないでしょう？」

「もちろん、違う！」

リスカーはまたしばらく考えて、

「姿を消すようにしむけては」言葉すくなに探りをいれた。

ジョンスは拒否するように両手を大きくひろげ、いらだちをあらわにした。

「それではわたしが手をまわして三人を殺すようなもの。公式の艦隊報告に捕虜三人の記述があるし、乗員たちもその存在を知っている。もうすこしましな考えが浮かばないものか。たしかにわたしには力があるが、それにも限界がある」

「残念ながら、そういうことですね」リスカーは答えた。「しかし、ベッチデ人たちが違反行為をおかしたとしたら、あなたはどうします？　たとえば、破壊工作とか」

「権限によって三人を罰するだろうな」

「どのように？」

「独居房に監禁する。しかし、それは解決法ではない。それでもクランにはついてしまうのだから。第十七艦隊ネストにもどって降ろすという方法もあるが、それでは指揮官ケロスが変に思うだろう」

「もどって降ろす？」トルスは触腕をはげしく動かした。いい考えが浮かんだときのしぐさだ。「たしかに、降ろせばいいのです！　しかし、第十七艦隊ネストにではない。どこかの惑星に！」

「違法だ！」ジョンスは拒否した。「それでは跡形もなく消すのと同じだろう。三人の居場所をだれにも説明することができないじゃないか」

リスカーの顔にいらだちがあらわれていた。

「もちろん、無人の惑星ではありません、ジョンス。つまり、外部コマンドにひきわたすんです。《カリツ》の船内に置くと危険だとか、未知権力とつながっているとか、そういった理由で。数日前、公国領に新しい惑星がくわわりました。カーセルプンです！艦隊がロボット・ステーションを建設しているところだそうです」

リスカーはいつになく長く話した。それにジョンスは長い沈黙で応え、数分後にしぶしぶ態度を明らかにする気になった。

「どうやら解決策を見つけたらしいな、トルス。捕虜をそこの指揮官にまかせたら、数カ月、あるいは永遠に、カーセルプンにいることになるかもしれない。わたしはひきわたせば責任をはたせる、まったく合法的に」

「そのとおりです」リスカーは認めた。「わたしはあなたが思慮深く正しく行動したことをいつでも証言します」

「それはきみの損にはならないだろう」ジョンスは約束した。

トルスは立ちあがって、

「新しいコースをプログラミングしましょうか？」と、たずねた。

「われわれ、カーセルプンに向かう」ジョンスは確認した。「わたしはそのあいだに捕虜に決定を伝えよう」

リスカーは使者のキャビンをはなれ、《カリツ》の司令室にもどった。

＊

軽いアルコール飲料を数杯飲んで、豪華な食事をすると、マラガン、ファドン、スカウティはベッドに行った。連絡用ドアは開けっぱなしだ。

「これでしばらくはもつ」ファドンは腹をなでた。「あとどのくらいかかるんだろう？」

「そんなこと、わたしたちにわかると思うの？」スカウティがからかうようにたずねた。「それとも、クランがここからどのくらいはなれているか知っているの？」

「ジョンスがまた姿を見せたら、たずねてみよう」マラガンが提案した。

まさにこのとき、ハッチ上部のランプが光った。すぐにハッチが開く。賢人の使者は〝アパートメント〟にはいってくると、うしろ手でハッチを閉めた。ベッチデ人たちが起きあがろうとするのを、手で制止する。いくらか大儀そうにもよりの椅子まで歩いていって、腰かけた。

「そのままでいてくれ。そのほうが話しやすい。楽にして」

「ありがとうございます」マラガンは起きあがった。「われわれ、あなたの力になれなくてすみませんでした、ジョンス」

クラン人はほとんど無表情だ。しかし、すべてのしぐさが問題と戦っていることをうかがわせた。なにかを伝えたいようだが、まだためらっている。

マラガンはそれを本能的に察知して、たずねた。

「心配ごとがあるんですか?」

ジョンスはいやなことを先送りにするのは意味がないと知っていた。さっさとすませば、おたがいにそのほうがいいのだ。この三人に敵意は持っていない。

「ちょっとまずいことが」ためらいがちにはじめた。「クランからの命令だ! きみたちをカーセルプン基地に降ろさなければならなくなった。つい最近、公国に併合された惑星で、生活環境はいいらしい。きみたちはそこで……」

「ちょっと待ってください!」マラガンは驚いて相手の話を中断した。「われわれをクランに連れていけないといいたいんですか? なぜ、だめなんですか?」

「それは聞いていない」

「しかし、あなたは賢人の使者でしょう! わたしが知るかぎりでは強い影響力があるらしい。クランではあなたの頭ごしに、そのような命令を出すことができるのですか?」

ジョンスは困惑して目をそらした。

「わたしよりも高位の者が存在することを理解してもらわなければならない。わたしがしたがわざるをえない命令は、そこから出ている」

スカウティは自分のキャビンから出てきて、ジョンスを見あげた。

「どうやらあなたは卑劣な裏切り者ね、ジョンス。わたしたちをクランに連れていくと約束したじゃない」

「だから、説明を……」

「なんの説明にもなっていないわ、ジョンス！　そんな無意味な命令に抗議もできたはずじゃないの。わたしたちをその惑星カッツェルフンに……なんといったかしら？」

「カーセルプンだ」ジョンスは弱々しい声で訂正した。「異議は申したてたが、無視されたんだ。信じてくれ。命令は最高幹部からきた。わたしにはコースを変える以外にどうすることもできなかった。二十四時間以内にその基地に到着する」

スカウティはベッドのマラガンの隣りにすわり、助けをもとめるように目を向けた。

ジョンスは立ちあがった。いやなことをすませてうれしそうだ。

「すまない」その言葉は心からのもののように聞こえた。「わたしはカーセルプンの指揮官、クラン人のハーサンフェルガーと連絡をとった。きみたちの滞在が快適なものになるように面倒を見るはず。それがわたしにできる精いっぱいのことだ」

ジョンスはだれかがなにかいう前に、キャビンから出ていった。

＊

三人はしばらく黙っていた。やがて、ファドンが全員の考えを思いきって口にした。

「とんでもなくばかげた話かもしれないぞ！」

スカウティはそれには反論せず、ただいった。

「わたしはあのジョンスを信じない。わたしたちをだましたというつもりはないけど、なんだかすっきりしないわ」

「厄介ばらいしたいんだ」マラガンはスカウティに賛成だった。「われわれはクランに行ったことも、賢人に会ったこともない。それを聞いて価値がないと思ったんだ」

「それだったら、クランに連れていけばいい」ファドンはいった。「われわれにそこにいられると困るというなら、話はべつだが」

マラガンはため息をついた。

「理由がなんであれ、結論を変えることはできないらしい。そのうち、カーセルプンでなにが待っているかわかる。捕虜の待遇でないことを祈るだけだ。いずれにしても、この船にいるより逃げやすいかもしれない」

「あと二十四時間」スカウティはつぶやいた。「そうしたら、もっと多くのことがわかるのね。二、三時間、眠るわ。あなたたちもそうしたほうがいいわよ」

スカウティは部屋に姿を消した。

4

カーセルプン基地の指揮官ハーサンフェルガーは非常に気さくで、だれにでも分け隔てをせずに接すると思われていた。新しい基地をつくるというのは、いつも割にあわない仕事だが、カーセルプンの場合はとくにひどかった。惑星は恒星から比較的近いポジションを自転しているので、気温が高く、乾燥している。水はすくなく、わずかな川と湖も、たまに短時間やってくるスコールのあとは、すぐにまた干あがった。

原住種族は原始的で知的レベルが低い。ハーサンフェルガーのもっとも重要な仕事のひとつは、ロボットがおこなう基地の建設をのぞけば、原住種族にスプーディを配布することだ。

カーセルプン人にはかなり手こずった。ほぼ一メートル半の背丈で、直立歩行をするこの毛皮生物は、頭皮の上に置かれたちいさな寄生体に抵抗した。しかし、損にはならないとわかったとき、抵抗をあきらめた。数時間、あるいは数日で、はっきりと知的レベルがあがったのだ。素質しだいだが……

基地の建設はすでに実証ずみの熟練技術によっておこなわれるので、問題はない。完成後は保全のために常勤要員がのこり、定期的に物資が補給される。まず自分がのこるということは、ハーサンフェルガーにはわかっていた。

指揮官は空調のきいた自分のオフィスにいた。窓の外を見ると、二百メートルほど向こうになかば完成した基地が建っている。工事は昼夜兼行で進められていた。左には大型船の着陸も可能な臨時の宇宙港があって、その向こうには樹木でおおわれた丘の見える広大な草原がある。基地の水源はそこの泉がたよりだ。泉の深さは五十メートル以上あった。

外はうだるような蒸し暑さだった。だが、つねに風が吹いているのでまだ耐えられる。原住種族が数名、宿営地のなかをほっつき歩いていたが、ていねいに、しかし、きっぱりと追いはらわれていた。まだ自分になにが起こったのか、きちんと理解していないようだ。しかし、新しい主人をうけいれようとはしている。種族の族長への贈り物が功を奏したのだろう。

デスクのヴィジフォンが鳴った。ハーサンフェルガーはスイッチをいれる。基地の通信センターが、賢人の使者ジョンスの船が連絡してきたことを伝えてきた。ジョンスが話があるという。

《カリツ》とはすでにきのう連絡をとっていた。船の首席操縦士トルスが、目的を告げることなく、カーセルプンに着陸するといってきたのだ。だが、ハーサンフェルガーはいまはじめて、船内に賢人の使者がいるのを知った。驚いたなどというものではない。そのような高位の人物の訪問は、きまってなにか問題と結びついているからだ。

「つないでくれ！」指揮官はしかたなくいった。ほかに選択肢はない。

すぐにジョンスがスクリーンにあらわれた。

「われわれは一時間で着陸する、指揮官ハーサンフェルガー。視察ではないので、現在進行中の作業を中断する必要はない。捕虜三人をあずかってもらうだけだ」

「捕虜？　それをここでわたしにどうしろというのですか？」

「どうするかはすぐにわかるだろう。着陸は問題ないか？」

「見通しのきく地形です。自動誘導ビームなしでだいじょうぶでしょう」

「わかった、指揮官。こちらに気を遣わないように」

「あなたを賓客として迎えることは、われわれにとって大変な名誉で……」

スクリーンが暗くなる。ハーサンフェルガーは黙った。

ほっとしていいのかどうか、わからなかった。

＊

《カリツ》は着陸し、すべてジョンスの希望どおりになった。使者が船外に出ると、ハーサンフェルガーだけが着陸床のはしにあらわれた。高位の客に挨拶するためだ。ちいさな若いクラン人を見たとき、うまく驚きをかくした。その点では第十七艦隊の指揮官よりも駆けひきを心得ていたといえるだろう。

「ベッチデ人三人のことだが」涼しくてここちよいオフィスにすわると、ジョンスは口を開いた。「わたしは三人を第十七艦隊ネストでひきうけ、クランに連れていくつもりでいた。だが、船内で起こったいくつかの出来ごとから、三人をとりあえず拠点惑星に運ばないほうが賢明だろうと考えたのだ。あらたな指示がクランからくるまで、ここにとどめおくことになる。あの者たちが種族のなかでもとくにすぐれた知性の持ち主であることを、伝えておかなければならない。もちろん、スプーディ保持者だ。丁重にあつかってほしい」

「捕虜なんですか、それとも違うので？」

「どちらともいえない、指揮官。わたしの考えでは、この惑星での行動は自由にさせていいと思う。逃げられる可能性はほとんどない。ただ、宇宙港への立ち入りは禁止することを提案する。逃亡を考えるかもしれないからな」

「あと数日で輸送機と建設部隊が惑星を去りますから、その後は逃走の可能性はありません。一定の間隔で補給船はきますが、それだけです。どうぞご安心を」

「それなら安心だ。あとひとつ。わたしが《カリッツ》の船内にもどったら、そのあとはじめてベッチデ人三人をひきわたす。わたしは三人に会いたくないんだ」

ハーサンフェルガーはわけもわからずうなずいた。

「どうぞお好きなように、賢人の使者。クランへの連絡はどうしますか？　ここからしましょうか？」

「わたしは直接クランにもどるから、不要だ。そのことを気にかける必要はない。わたしがやる」ジョンスは立ちあがった。「これで失礼する」

使者がそれ以上この基地のことに口を出さないとわかり、ハーサンフェルガーはおおいにほっとした。その一方で、なにかすっきりしないものを感じる。しかし、自分とはなんの関係もないことだ。ジョンスは公爵の特別大使なのだ。責任は向こうにある。

ハーサンフェルガーはジョンスを船まで送っていった。武装したクラン人ふたりにつきそわれて、そのまま待つ。

すこしして、話に聞いていたベッチデ人が下船ハッチにあらわれた。その姿を見てハーサンフェルガーは一瞬、混乱した。しかし、公国にはさまざまな外見の種族がいる。驚きをすぐにおさえた。

ベッチデ人三人が船からまだ二十メートルもはなれないうちに《カリッツ》は音もなく浮遊し、すばやく上昇した。そのときやっとハッチが閉まるのが見えた。

ジョンスには大急ぎでここから姿を消さなければならない理由があるのだろう。

「ふたりの武装兵が護衛している」マラガンがそういって、指揮官に近づいた。その手にこれからの自分たちの運命をゆだねることになるのだ。「それほど魅力的なところではないいな」

「ここは暑いわ！」スカウティがうめいた。

三人はクラン人の前に立った。

「わたしは指揮官ハーサンフェルガーだ」クラン人は自己紹介した。「カーセルプンにようこそ」

「マラガン、スカウティ、ファドンです」マラガンは答えた。「われわれは捕虜なのですか、それとも客ですか？」武装したクラン人ふたりを指さし、「これはいらないと思いますが」

「それはそのうちわかるだろう。わたしのオフィスにくるんだ。きみたちにいくつか質問をしなければならない」

指揮官は向きを変え、その場を去った。ベッチデ人たちはふたりの歩哨にはさまれてそのあとを追った。

＊

ハーサンフェルガーは歩哨を帰すと、質問した。

「きみたちはクランに行きたいのに、許されなかったのか？　それはたしかに奇妙だ。しかし、高位の者の指示をとやかくいう権利はわたしにはない。きみたちの処遇が決まるまで、ここにとどめおけという指示をうけている。捕虜としてあつかえとはいわれていないが、もし逃げようとしたら、拘束しなければならない。それだけはおぼえておいてほしい。それ以外は、きみたちの行動は自由だ」

マラガンは黙って冷静な顔をするのに苦労した。惑星クラン人トラップでの難破船発見以来、のしかかっていた憂鬱な気分をこれまでなんとかおさえてきたのだ。しかし、ジョンスが自分たちにもたらした失望は、さらに大きなものだったといえる。目的地は目の前だったのに……

「逃げるつもりはありません。いったいどこに逃げると？　われわれはただクランに行きたい。それだけのことです」

「建設部隊が帰ったらすぐに、警備コマンドの任務についてもらいたい」ハーサンフェルガーはいくらかやさしくいった。「することがなにもないよりましだろう」

スカウティはひとさし指を指揮官に向けた。

「わたしたちをここに降ろすという命令を出したのはだれですか？　惑星クランの幹部？　それとも賢人の使者？」

ジョンスの本当の目的と理由を知らない指揮官は、うっかり答えた。

「わたしが思うに、使者の判断だ。きみたちが船内で問題を起こしたと話していた」

「とんでもない話だ」ファドンは思わず叫んだ。「嘘をついている！」

ハーサンフェルガーは不機嫌な顔になった。

「賢人の使者は嘘をつかない！」きびしい口調だ。「それはわたしだけでなく、きみたちも認めるべきだ」

「それでも、使者は嘘をついています」ファドンはいった。おびえることはない。「われわれはなにひとつ悪いことはしていません。《カリツ》のなかでどんなアクシデントがあったというので？」

「それは知らない」指揮官は認めた。「わたしにわかっているのは、使者がきみたちをここに降ろして、わたしに面倒を見ろといったことだけ。質問はできなかった。それだけだ」

「それで、わたしたちはどこに寝泊まりするの？」現実的なものの考え方をするスカウティは、それ以上質問しても意味がないことがわかったので、たずねた。

「きみたちだけを優遇したらトラブルになるだろう。常勤要員の宿舎で空き部屋を探してくれ。食事も支給される」

「この惑星は夜は寒いの？」

「けっして寒くなることはない。夜も暖かい」

「それはいいわ。それならば、外で寝ましょう」スカウティはいった。

「好きなように」指揮官は認めた。「もう行っていいぞ」

三人はいまだに新入り用の制服を着ている。おかげで、カーセルプンではある程度、自由に行動できた。クラン人の宿営地はたいして大きくなかった。管理棟と住居棟をのぞくと、すべてが一時しのぎの簡素なつくりだ。丘の上に未完成の基地と、宇宙港にいくつかの技術施設があるだけ。あたり一面の草原と、遠くに見える丘や森以外、なにもない。

「まさに保養地だ」ファドンは皮肉をこめていった。「自分たちの力でやらなければ、どうやってここから出られるかわかったもんじゃない」

「それをやってみるんだ」マラガンはきっぱりといった。「宇宙港をもっとよく見よう。まだ船が何隻かある」

敷地はさしあたり地ならしされていて、いくつかの部隊に場所を提供している。着陸床に近づいていくと、歩哨が数名あらわれた。トカゲに似たターツだ。例外なくブラスターで武装している。

「近づいてはいけない。指揮官からの命令だ！」

ベッチデ人たちは立ちどまった。

「われわれが船を盗むとでも？」マラガンは親しげにたずねた。答えが返ってこないので、肩をすくめて、向きを変えた。「行こう。丸腰の旅行者が恐いらしい」

充分にはなれると、スカウティがいった。

「宇宙船のなかにもぐりこむのはかんたんじゃないわね。それに、そんなことをして意味があるのかしら。船はけっしてクランには飛ばないわ。目的地はせいぜい、基地を建設することになっているほかの惑星でしょう。状況は変わらないわ。生活条件が悪くなるかもしれない。あなたたちはそう思わない？」

「せいぜいそんなことだろうな」マラガンはいった。「いちばんいいのは搭載艇をぶんどって、それで飛ぶことだ。遠くまで行けるし、探知されにくい。いずれにしても、人生ののこりをここの警備コマンドで終えることは考えていない」

「だれもそんなこと考えていないよ」ファドンはうなった。

三人はひと言もしゃべらず、宿営地にもどった。

*

ファドンがすこし大げさに〝豚の餌《えさ》〟と呼ぶまあまあの食事のあと、三人はそのあたりの廃材を使ってちいさな小屋の建設にとりかかった。

夜は地面の上に寝た。

「あしたはベッドを手にいれましょう！」スカウティは腹をたてていた。「さもないとからだがかちかちに凝《こ》ってしまう。でも、ターツやプロドハイマー＝フェンケンと大きな共同寝室に泊まるよりもましだけど」

マラガンとファドンは賛成したが、眠そうだ。

真夜中にクラン人が暗い小屋のなかを明かりで照らして、奇妙な客がまだいるのを満足げに確認し、そっと立ちさったときも、だれも目をさまさなかった。

次の日、三人は物資交付所まで歩いていき、ベッド三台を要求した。管理人の役目をしているクラン人は、異人三人がなにをほしがっているのか、すぐにはわからなかった。三人にかたいプラスティックのマットレスと、毛布をあたえ、品名をていねいにメモして、サインさせる。

「どこでも同じようなことをするんだな」ファドンはいった。なぜそう思ったかは自分でもはっきりとしない。

マットレスと毛布をなんとか運びこむと、小屋はすぐに住み心地がよさそうになった。三人は草原をすこし散歩した。じゃまする者はいない。暑いのは恒星が沈むまでで、夜の食事は非常においしく、ファドンは文句もいわずに食べた。

だが、ベッドにすわると、三人の気分はまた最低の状態に落ちこんだ。状況に希望のないことをはっきりと悟ったのだ。このあらたに見つかった惑星は、どこよりも確実な牢獄なのかもしれない。マラガンは重苦しい沈黙を破っていった。

「あきらめたら負けだ。ジョンスはまったく個人的な理由で、われわれをクランに連れていきたくなかったんだ。なぜか、われわれを危険だと思っている。クランにとってではなく、自分にとって！」

スカウティはうなずいた。薄暗がりで、輪郭しかわからない。

「謎の答えは賢人にあるのよ。その伝説の存在がどんな力を持っているのか、わかりさえすれば！　そもそも、生きているのかしら？」

「死者を賢人に選びだすほど、クラン人は非現実的ではないだろう」マラガンは居心地の悪い姿勢をあきらめて、横になった。「それはきっと生命体だ。非常に大きな影響力を持っている。しかし、賢人とジョンスとわれわれにどんな関係があるんだろう」

「ハーサンフェルガーも知らないようだ」ファドンは眠そうにいって、マラガンと同じように横になった。「だれも知らないらしいな。われわれがいちばん知らないのだが」

「そんなことないわ！」小屋の反対側にあるベッドからスカウティがいった。「知っているのがひとりいるわ。ジョンスよ！」

「だが、ジョンスはクランに向かっている」マラガンはため息をついて、目を閉じた。

「おやすみ！」

＊

翌日、三人ははじめて原住種族カーセルプン人に会った。

だれも異議を唱えなかったので、食糧と水を持って、ちょっとした遠足に出たのだ。遠くに丘と森が見える西に向かった。重い気分をすこしでも軽くするには、宿営地をはなれるしかない。

干あがった川底にそって歩いた。丘からつづいていて、宿営地からかなりはなれたところで終わっている。雨が降ると地面にしみこみ、泉に地下水が供給されるのだ。ときおりちいさい雲が恒星をかくすたび、待ちに待った疲労回復の時間がきたように感じた。

「雨になるといいな」ファドンは大汗をかいて、「草がすっかり黄色になっている」

実際に、ちいさな火花ひとつで広大な草原が焼きはらえるほど、わずかな植生は乾ききっていた。

「原住種族に出会うかもしれないわね」スカウティはいった。「危害はくわえてこないでしょう。でも、問題はどうやって意思疎通をはかるかということね。きっとクランドホル語を話せないわよ」

「それなら、身振り手振りで話そう」マラガンは提案した。

基地、住居棟、管理棟、宇宙港がしだいに遠ざかっていく。あたりは妙にしずかだった。動物はおろか、虫もいないようだ。丘に近づくにつれ、草が密に繁茂していた。それほど干からびているようには見えない。たぶん、宿営地の近くよりも地面がより乾きにくいのだろう。

最初の樹木群と藪があらわれた。ファドンはそれをめざして進み、うむをいわさず休憩を提案した。

「時間はたっぷりある」そう理由をつけて、日かげを探している。「食事をしても損にはならない」

マラガンとスカウティはそれにならった。異議を唱える理由はなかったから。

丘の麓《ふもと》で薬草と根菜を集めていた原住種族三人が、異人を見つけて、おそるおそる近づいてきた。異人が族長に贈り物をしたと聞いたが、自分たちにも、もしかしたら？

樹木群のわきの背の高い草をかきわけて、そっと近づいてくる。集めた根菜のはいった袋はそのまま置いてある。持っていると、なにももらえないだろうと考えたからだろう。手にしているのは、杖にも武器にもスコップにもなる棍棒だけ。

スカウティが最初に見つけて、驚きの声をおさえた。近づいてくる訪問者のことをそっと友に知らせる。

「こっちも見つけたことを相手に知らせたほうがいい」マラガンはすっくと立ちあがって、親しげにカーセルプン人に手招きした。「おいで！」

毛皮生物三人はためらいがちにからだを起こした。へりくだったようすだ。マラガンがもう一度、誘うように合図すると、ゆっくりとやってきた。低くつぶやくようになにかしゃべっている。

「心配はいらない！」マラガンは叫んだ。意味はわからないとしても、気持ちをおちつける効果はあったようだ。相手は樹木群のところまでくると、スカウティを驚いて見つめた。それから、その場にすわり、持っていた棍棒を前の草の上に置いた。

それは明らかに敵意のない証《あか》しだった。

「よかった！」ファドンはほっとしていった。「物々交換をしようというのか？　どういうことなんだろう？　食べ物をやろうか？」

「けちでないなら、そうすればいい。いい印象をあたえるだろう」

マラガンは原住種族三人に凝縮口糧ひとつずつと、水のはいった瓶を一本ずつわたした。相手はありがたそうにうけとった。

ベッチデ人たちは、味気ないが栄養たっぷりの乾燥食糧を食べてみせた。贈り物が安全なことを教えるためだ。カーセルプン人たちはひと口食べて、おたがいになんともいえない視線をかわしている。驚いたのはそれからだ。突然ひとりが立ちあがり、小走りに走りさったのだ。

ほかのふたりは平然として、そのまま口を動かしつづけている。

「いったいどういうことなの？」スカウティは不安になってたずねた。「あの人の口にあわなかったのかしら？」

「わからない」マラガンはもっとよく見るためにすこし腰をあげた。「いま、もどってくる。なにかを持って……」

それはカーセルプン人が置きっぱなしにしていた袋のひとつだった。その原住種族はふたたび仲間のところにすわり、袋の中身を草の上にひろげはじめた。まだ泥のついた根菜とグリーンの薬草が出てくる。

身振りでカーセルプン人はベッチデ人に、それが一種の手みやげだと説明した。

「うけとらなきゃだめよ。そうでないと、相手を侮辱することになるわ」スカウティは状況を理解した。「さ、ブレザー、そんなに遠慮しないで！」

「いつもわたしだ！」ファドンは文句をいいながら、なかのひとりがさしだした根っこをうけとった。ほほえんだが、ひきつったようになった。「ありがとう、友よ！」

ファドンは大根と似ている根っこを勇敢にも嚙んで、土は吐きだす。それほどまずくはない。そのようすに原住種族はよろこんだようだ。自分たちものこりの根菜を手にとって、まるでとりつかれたように音をたてて食べる。マラガンとスカウティもためしてみた。

「凝縮の餌よりもおいしいぞ」マラガンは断言した。カーセルプン人が凝縮口糧をいやがったのもむりはない。どうやら、異人三人にもっとましな食事を提供するしかないと思ったようだ。マラガンは本来の関係がまさにひっくりかえったのに気づいた。「われわれはカーセルプン人に贈り物をしようとしたが、いま、こちらがもらうことになった。クラン人へのおべっかではないだろう」

カーセルプン人たちも話しあっている。小熊のうなり声と渓流のざわめきが混じったような声だ。しかし、しぐさと身振りでだいたいなにを話しているのかわかる。自分たちの村にもどるさい、ベッチデ人を客として連れていこうというのだろう。

「恐ろしいことをたくらんでいないことを祈るわ!」スカウティは恐がっている。

「なんでそんなに疑り深いんだ?」ファドンはすべての心配ごとをはねのけていた。

「わたしも恐れる必要はないと思う」マラガンはいった。「それに、いつかわれわれに力をかしてくれるかもしれないじゃないか。だから、もとめに応じたほうがいい」

スカウティは譲歩した。

「いいわ、いっしょに行きましょう。遠くないといいんだけど」

三人はよろこんでいっしょに村に行くことを伝えた。うれしそうなうなり声が聞こえる。原住種族はのこりの根菜と薬草を袋のなかにしまって、出発した。

恒星が沈むずっと前に、村が見えてきた。北から南にのびる丘の麓にあった。小屋は伐採したままの木の幹を使い、適当にあちこちに建てられていた。そのすぐ向こうから森がはじまっている。

まだ幼いカーセルプン人のグループが村の広場にある泉で遊んでいたが、ベッチデ人を見ると、四散した。それでも年長らしき数人は恐れず、ゆっくりと近づいてきた。脅すように木の棒を振りあげている。

マラガンたち三人を村に案内してきた原住種族がそれに対応した。興奮した長い話しあいがはじまる。結局、棍棒を捨てて、かたちだけ挨拶することで決着したらしい。

マラガンは自問した。カーセルプン人たちがまだスプーディを装着していないとすれば、いったいどういう態度に出るだろうか。

いつのまにか、ちいさな村の広場は住民でいっぱいになっていた。樹の幹を転がして、すわる場所にしている。驚いた子供たちもまたもどってきて、そっと近づいた。異人の訪問に驚いているが、さほど嫌悪感はいだいていないらしい。

根菜を採取していた三人が、草原での出会いについて報告している。それは身振りから明白に読みとれる。マラガンは樹の幹に腰かけて、ファドンとスカウティに手招きした。

「きみたちはずっと立っているつもりか？　いまからなにが起こるか楽しみだ。すぐに暗くなるぞ」

スカウティが隣りにすわった。

「もしかしたら、ついてこないほうがよかったのかもしれないわね」不安そうだ。「わたしたちをどうするつもりかしら？」

「ひどいことはされたくないものだ。種族としては平和的な印象だ。しかし、きみのいうことももっともだな。もう、われわれの小屋にもどりたい。きみはどうだ、ブレザー？」

ファドンは、この村全体をしめすように両手をひろげた。

「わたしにはわからない。しかし、気分転換は必要だ。それに、あの根っこもそれほど悪くなかった。われわれの小屋でなにをするというのだ？　ここにいたら、すくなくともこの土地と人々を知ることができる」

スカウティは思わず笑いそうになったが、すぐにおさえた。近くですわっている、あるいは立っているカーセルプン人が、驚いてあとずさったからだ。数人は棍棒に手をのばすことさえしている。

「笑うのはタブーだ！」マラガンはすばやくいった。「あのものたち、笑いを知らないんだ」

「だったら、知ったほうがいい」ファドンが恩着せがましく助言した。「しかし、どっちみち、あまり笑えることがないのだろう」

気がつくと、マラガンたちを村に連れてきたカーセルプン人三人が、自分たちの冒険談をすでに十回以上くりかえしていた。まちがいなくこの日のヒーローだ。仲間がこの一大事をもう一度かげで噂しているあいだに、三人はマラガンのところにやってきた。どうやらスポークスマンだと思っているらしい。そばにすわって、すぐに暗くなること、眠らなくてはならないことを身振りで説明しようとする。あす、なにか特別なものを見せるつもりらしい。

もちろん、それを理解するのに一時間はかかった。しかし、このあいだに、ハンドサインでたしかな意思疎通ができるようになっていた。

「どこで眠れというんだ?」十分ほど時間をかけてマラガンはたずねた。伝わるまでにそれほど長くかかるのだ。「小屋のなかで?」

根菜を探していた者のひとりが急に立ちあがって、森のはずれのちいさな小屋へ歩いていくと、そのなかに姿を消した。住んでいたカーセルプン人を追いだして、さっさとほかの小屋にうつす。小屋を掃除して訪問者たちに提供することを、両手で熱心に説明してくれた。

「強引なやり方だな」マラガンは決めつけた。「だれもいやな思いをしないといいが」

持ち帰った根菜や薬草をそれぞれの家族にわけあたえてから、そのカーセルプン人たちも自分たちの小屋にひきあげた。突然だれもいなくなった。ベッチデ人三人は見すてられたように、樹の幹にすわっていた。

「奇妙な風習ばかりだ」ファドンは感情を害して怒った。「根っこひとつだってのこしていかなかった」

「自分たちもほとんど食べるものがないのよ」スカウティは凝縮口糧を探してポケットのなかをひっかきまわした。「小屋の使いごこちを試してみようと思うの。あなたたちもいっしょにくる？」

この晩は三人ともあまり眠れなかった。小屋がちいさくせまかったからだ。敷き物のかわりは乾いた葉だし、もとの小屋の住人がもどってきて文句をいうのではないかと、たえず心配だった。

しかし、だれもこなかった。

夜が明けてくると、村の物音で目がさめた。

＊

細い道はゆるやかな登りになり、森をぬけてつづいていた。歩くのを楽にするため、藪があちこち手で折られている。ナイフとか斧はないようだ。

カーセルプン人五人が先頭を、三人がしんがりをつとめている。ときどき、そのうちのひとりが身をかがめ、すばやく巧みに根菜を掘って、背負い籠にいれた。

「すばらしいものを見せてもらえるにちがいない」ファドンがいった。以前ここにきた調査隊がのこしていった備蓄倉庫でもあって、食べ物が手にはいることをひそかに望んでいる。「そうでもなければ、こんな行進はまっぴらだ」

「辛抱しろ」前を行くマラガンはいった。「それに、からだを動かすのはいいことだ。クラン人のところで歩哨に立つのは、これからいつでもできる」

高度が増すごとに、木々がすくなくなってきた。地面は岩だらけで、根っこなどどこにもない。暑さで空気が揺らめいている。雲ひとつない。

山頂は驚くほどたいらで、岩塊におおわれていた。木々もほとんど見えない。それなのにマラガンは、カーセルプン人が興奮した身振りで教えるまで、ちいさな宇宙船に気づかなかった。

心臓が突然、跳びはねる音が聞こえたような気がした。

ほぼ球型に近い船は直径二十メートルたらずで、比較的、背の高い岩にとりかこまれていた。この船がよりにもよってこんな場所に無傷で着陸するには、大変な技術が必要だったにちがいない。

ファドンも見た。そのあとすぐにスカウティも……

だれひとり声も出なかった。ただそこに立って、この驚くべき光景が自分たちになにを意味するのかを理解しようとしていた。カーセルプン人は異人の反応によろこんでいるようだ。低い声でなにか満足げにつぶやき、先に進むよう、それとなくうながす。

マラガンが最初に口を開いた。

「夢を見ているのか？　それとも、目の前にあるのは宇宙船か？」

「ちいさいけど」スカウティはひかえめないい方で動揺をごまかそうとした。「どうやってあそこまできたのかしら？」

「いずれにしても、しばらく前からここにあったにちがいない」ファドンが冷静に確認した。「船腹を伝って上にのびる蔓植物を見たか？　ああ、これがただの残骸じゃなければ……！」

「ばかいうな！　これは着陸したんだ、墜落したんじゃない」マラガンは反論した。そうあってほしいという願望から、「着陸脚の上にしっかり立っているじゃないか」

十秒後、それはまったくの勘違いであることがわかった。

着陸脚が折れまがり、はずれている。船のところまで行って、はじめてわかったのだ。下船ハッチは大きく開いてななめにぶらさがっていた。梯子《はしご》なしではいれない。

カーセルプン人たちはいくらかはなれて立ち、これからなにが起こるかを期待をこめて見ている。すわりこんで、話をしている者もいた。いずれにしても、発見物の調査をはじめたベッチデ人たちのじゃまはしない。

マラガンはハッチからよじのぼり、なんとか船の内部にはいった。難破船と呼ぶにふさわしい理由が次々と見つかる。司令室はひどい状態だった。だれかが悪ふざけで制御装置と機器類を破壊したにちがいない。それが原住種族でなかったことは、ビームの跡が結論づけている。

それなら、だれが？

クラン人がこのようなちいさな船をしばしば搭載艇として使っていたことは知っている。その航続距離は非常に長い。しかし、それまで未知だった惑星をどうやって搭載艇がめざせるだろう？

マラガンは順序よく調査を進め、はめ板の向こうにハッチを発見した。かんたんに開いた。その奥に本格的な武器庫がある。小型ブラスターを三挺《ちょう》とりだして、装塡を調べ、大きなポケットに押しこんだ。これでもう無防備ではない。

ほかの必要なものも見つけた。ナイフ、ライター……

ファドンは難破船の下の区画を調べて、缶詰を腕いっぱいにかかえてもどってきた。スカウティは薬品類と実用的なバッグを見つけ、そのなかの十数個をカーセルプン人への贈り物にした。船には入ったことがないにちがいない。

「かつての乗員は影もかたちもない」マラガンはひとり言のようにいった。「不時着時は生きていたにちがいない。しかし、どこにいるのだ？　原住種族はそれを知っているのだろうか？」

「きいてみよう」ファドンはため息をついた。面倒でややこしい作業になるだろう。

近くの木かげで話しあいがはじまった。

ほぼ一時間後、次のことがわかった。すべてを正しく理解したかどうか、いずれにしても確信はないが。原住種族の話によると……

以前に空で大きな音がした。さらに、ざわめくような音も刻一刻と大きくなり、やがて、球体が空にあらわれた。それはすばやく近づいてきた。その直後に激突音がして、次の日、空から落ちてきた奇妙なものが見つかった。

そして、〝かれ〟が姿をあらわした。球体でやってきたのだ……

ややこしい説明で、この謎の〝かれ〟はただのクラン人だということがわかった。

「で、そのクラン人はいまどこにいるんだ？」マラガンはあらたにつくったハンドサインを駆使してたずねた。

カーセルプン人によれば、難破船のなかでしばらく生活していたという。しかし、ときどき〝かれ〟と同じような外見をした、平地に住む異人のところに行くこともあったらしい。いまどこにいるかは知らないという。

苦労して話を聞いたあと、ファドンはいくつかの缶詰を開けた。開けるとすぐに温まるタイプで、おいしく食べられる。原住種族は最初はこわごわだったが、食べはじめると、ベッチデ人たちが追いつけないほど早く手を出した。

突然、背後で低い声がした。クランドホル語だ。

「どうぞ召しあがれ！」

全員、振り向く。

船の遭難者がものめずらしげにこちらを見ていた。

＊

そのクラン人、チェルソヌールは年をとっていたが、よぼよぼではなかった。ベッチデ人とカーセルプン人をまじまじと見てから、近づいてきて、いっしょにすわる。まわりがとまどうほど自然なようすだ。空き缶を蹴飛ばして、

「まだ充分にあるから、きみたちの盗みを許す。きっと腹がすいていたんだろう、違うか？　なぜ、宿営地をはなれたんだ？　きみたちを探しているぞ」

マラガンはこれ以上もう驚いたようすを見せないと決心した。

「宿営地と連絡をとりあっているのか？　船のなかに無傷の装置はひとつもなかったが。通信機を持っているのか？」

「わたしが当時、怒りにまかせて司令室を破壊する前に、小型通信機をハッチから投げすてたんだ。幸運だった。ふたたび冷静さをとりもどしたとき、それがわたしの唯一の救いであることに気づいたんだ。実際にそうだった」

「あの」スカウティが提案した。「すべてを順序だてて話してもらえるとうれしいんだけど。わたしたちのことは心配いらないわ。きょうのうちに帰るつもりだから。ただ、難破船を見たとき……」

スカウティは口を閉じた。

「わかっている」チェルソヌールは理解をしめそうとした。「この惑星から飛びたつまたとない可能性があると考えたのだな。しかし、それは残念ながら、ただの夢だ。わたしのぽんこつ船はもうけっして飛ばないだろう。船はここに永遠にとどまる。数千年たてば、原住種族にとって神聖なものになるかもしれない」

「はじめから話してもらいたい」マラガンは話をもどした。

カーセルプン人はいつのまにかいなくなり、下の森で根菜を探していた。

「いいだろう」年とったクラン人はそういって、話しはじめた……

＊

チェルソヌールの話は次のとおり……

わたしはそもそも、アウトサイダーとか一匹狼とか呼ばれる類《たぐ》いの者だ。クランドホル公国による併合がせわしなくつづく時代のどまんなかに生まれた。公爵ルゴが統治する二百五十年から二百七十年のことだ。あるいは、すこしあとか。それは忘れた。

すでに若いころからわたしは調査船でクランをはなれ、未知惑星を訪れていた。いつか公国の任務でみずから船をひきいると、かたく決意していたんだ。

両親はわたしのすることに口は出さなかったが、艦隊将校にでもなってくれればと思っていたのかもしれない。しかし、それはわたしの性にあわなかった。両親はなにをしてもむだだとわかったとき、役目を終えた古い船を買う資金を援助してくれた。それは無傷だったが、最新式ではなかった。それでも、ある程度は有能な乗員を募ることができた。すくなくともわたしはそう思っていた。

われわれの最初の遠征は大きな成果をあげた。何度もあちこちに着陸してみた結果、植民して基地を建設できそうな惑星を発見したのだ。ここと同じで原住種族はおとなしく、スプーディを装着すると非常に協力的になった。

公国はこれで星系ひとつぶん大きくなったのだ。

この働きでわたしは特別報奨金をうけとり、それを乗員たちと公平に分けた。わたしは自分の分け前で船に新しい計器を装備した。それから、次々と遠征に出た。ぜんぶで何回かもうわからない。しかし、たしか五十回以上だったと思う。

五回めの遠征で、乗員たちが反乱を起こした。わたしは反乱者たちを無人の一惑星に置きざりにした。さもなければ、こちらが殺されていたかもしれない。その惑星で貴重な原料が見つかったんだ。部下はこの発見を秘密にして、すこしずつ内緒で売ろうといった。そうすれば、やがて全員がとても金持ちになるだろう、と。

わたしは反対だった。公国に対して忠誠を守りたかったからだ。わたしは策略を使ってすべての乗員を船外におびきだし、ひとりで出発した。能力よりも幸運に助けられて、わたしはクランに到達し、そこで報告した。褒美にあらたな乗員と新しい船をもらい、反乱者たちを連れてきて罰することを約束した。

たしかに反乱者たちを連れてきたが、そのなかの数名が刑期なかばで逃走し、地下にもぐった。それをわたしは知らなかった。知っていれば、軽々しくあらたな遠征になど出なかっただろう。ぜんぶで五十回も。その最後に事件が起こったのだが。

わたしの発見のおかげで、公国にあらたな十七惑星とそれにともなう星系が併合された。両親はわたしをとても誇りに思っただろう。それ以上に、わたしが手にいれた多くの勲章が誇りだったかもしれない。艦隊将校になっていたら、手にいれられなかったものだ。

ところが、最後の遠征でしくじった。

わたしは信用のおける乗員とともに無人惑星を発見した。座標ポジションも非常に好都合で、ロボット・ステーションの建設に問題はない。そのうえ、敵の手のとどかないところにあったのだ。

通信で報告をし、保安部隊が送られてくることになっていた。部隊の到着まで、われわれはそこにとどまった。

しかし、その前に不幸な事件がはじまった。乗員二名が発作的に凶暴になり、おたがいを殺しあったのだ。医師は二名の死体に未知の細菌を確認し、そのせいにした。われわれは医師のいうことを信じなかったが、それが正しかったことがあとになって証明された。この細菌はかんたんに体内にはいり、脳内に付着する。数時間で症状があらわれるのだ。感染者は自分自身をおさえられなくなって、たとえ親友にでも、動くものすべてに襲いかかる。スプーディはパッシヴ状態になり、細菌におかされた宿主を救うためになにもしない。

保安部隊がやっと到着したとき、わたしの部下の半分は死んでいた。通信による救助要請で医療設備を持った特殊船がきて、患者をひきうけるという結果になった。細菌は発見されて、うまいぐあいに撲滅できた。

この伝染病が終息するまでのあいだ、惑星は隔離状態に置かれた。それから、はじめて公国領にうけいれられた。

わたしはのこりの部下とクランにもどり、あらたに乗員を募集するよう一将校に命令した。ほんのすこし休んで、それからふたたび出発するつもりだった。

将校は代理人として義務を遂行した。わたしが数週間後に連絡をとると、乗員がまた全員そろったという。

わたしはなにが起きるか想像もしていなかった。

両親にいとまごいをしてから民間宇宙港に向かい、必要な出発許可を手にいれた。自分の船をまた見られるのがうれしい。なにも知らずに到着を告げ、乗船しようとした。上を見ると、ハッチにわたしの代理人が立って、こちらを待ちうけていた。一瞬、その目に警告のようなものを見た気がしたが、わたしはまったく留意しなかった。上機嫌でタラップをあがって、ハッチに到達したとき、わたしはいきなり両サイドから捕まえられ、気密室にむりやりひきずりこまれた。

同時にハッチが閉まる。

なにが起きたかわからずにいると、キャビンのひとつにほうりこまれた。わたしの代理人も押しこまれ、鍵がかけられた。

混乱からたちなおるまで、すこし時間がかかった。キャビンの床から、出発準備をするエンジンの振動が伝わってくる。

「どういうことだ?」わたしはこれまで信頼しきっていた将校をどなりつけた。「きみたちは全員、頭がおかしくなったのか?」

「これはわれわれの責任ではありません、チェルソヌール! 新しい乗員がやってくると、あっという間でした。のこりの幹部乗員はなにが起きたかを理解する前に、すでにやられていました。新しい乗員が船を乗っとり、宇宙港との連絡も掌握《しょうあく》したのです。だれもそれに気づいていません。いまいましいことにやつらが非常によく事情に通じているからです。なぜだかわかりますか？」

「もしかしたら……」

「そのとおり。あなたが無人惑星に置きざりにした反乱者全員、あるいはすくなくともその数名だからです。復讐をしたかったんだ。そして、成功したんです」

「これまではな！」わたしははげしい怒りでうなった。もう自分の命など価値がないことがはっきりしたからだ。

出発して数時間後、わたしはキャビンから連れだされて、まずはさんざん殴られた。多くの脅し文句を聞いた。反乱者のリーダーはわたしに決心を語り、それを〝判決〟と呼んだ。

「われわれすべてを捕まえておけなかったのが、あなたの不運だ。ほかの者はまだ監獄にいるが、すぐに解放されるだろう。われわれはその先遣隊にすぎない。われわれがあなたをどうするつもりか、いま考えているのだろう、違うか？　いや、殺しはしない。それはかんたんすぎる。突然、船もなく、助けも呼べないような未知惑星に置きざりにされたらどうなるか、経験してみればいい。あなたもわれわれと同じような境遇になるべきだ。それが正義というものだ」

「わたしをどこかに置きざりにするつもりか？」

「そうだ。もうすでにぴったりの惑星を発見した。地獄惑星についてこれまで聞いたことがあるか？」

恐怖が全身を貫いた。わたしはただ黙ってうなずくことしかできなかった。地獄惑星はすべての境界の外にあって、星図カタログには〝禁断ゾーン〟と書かれている。正気な者ならその星系に一光年以上は近づかない。そもそもなにが危険なのか、だれも正確には知らないが、まだそこからもどってきた船はないのだ。

反乱者はわたしをそこに置きざりにするためだけに、自分たちの命を危険にさらそうというのか？

リーダーはわたしの考えを察知したようだった。

「非常にかんたんな話だ」楽しそうに説明した。「われわれは搭載艇を準備した。わずかな航続距離しかないが、着陸には充分である。助けをもとめるあなたの声を聞くため、通信設備はそのままにしておいた。しかし、べつの船が受信し、助けに駆けつけたときにはもう手遅れだ。あなたは地獄惑星をはなれることはできない」

「いつか捕まって、罰せられるぞ」

「それはない。誤った希望をいだくな、チェルソヌール！　これがあなたの経歴の最後になる」

ほかのこともさんざん聞かされた。わたしを殺すことではなく、死に対する恐怖をあたえることが本来の仕返しらしい。

代理人と話す機会はなかった。気密室へもどされると、もうそこにいなかったからだ。ほかの者といっしょに監禁されたらしい。そのうち、宙賊たちに寝がえるしかなくなるだろう。あるいは、むしろ死を選ぶか。

われわれは公国の知られていないセクターにいるらしい。この点ではわたしは経験豊富だった。まだ逃走の可能性があるとしたら、ここだ。

数時間かかって独房のドアをこじあけた。通廊には監視はいない。一瞬、なにをすべきか考えた。もともとの乗員ののこりがどこに収監されているか、まったくわからない。その助けなしで司令室を襲撃し占領するのは、むずかしそうだ。

いや、いまはまず自分自身のことを考えなければならない。脅かされているのはわたしの命であって、部下の命ではないのだ。それに時間がない。船が時間軌道にはいれば、逃げられなくなる。

格納庫への道すがら、反乱者のひとりを殴って気絶させた。だれもいない貯蔵室にひきずりこんで、意識をとりもどすまで待つ。相手は混乱しているようだったが、根掘り葉掘りきくと、本当のことをいった。

わたしを乗せる搭載艇はまだ準備ができていないという。結局、地獄惑星に近づくには数日かかるということ。逃げたときにほかの反乱者に会わなかったので、そのことを質問した。相手は頭に瘤《こぶ》ができるほど殴られても、にやにやして答えた。

「みんな勝利を祝っているのさ、チェルソヌール。あとになると、もうそのひまがなくなるから。わたしも行くところだ……ではなくて、行くところだった」

「格納庫には監視がいるのか？」わたしはたずねた。

「いまはもういない、チェルソヌール」

わたしの逃走計画はたんなる冒険ではない。命がかかっている。しかし、無為無策のまま、操縦不能な小型艇に乗せられるのを待つよりましだ。

「すまない」そういうと、わたしの捕虜をもう一発殴り、夢の国へ送った。ザイルを何本か見つけて縛り、猿ぐつわもはめる。

捕虜の話を百パーセント信じているわけではなかったので、さらに慎重に行動した。だが、だれにも出会わなかった。換気シャフトのひとつを開けてみると、ろれつのまわらないわめき声が聞こえてきた。反乱者たちは薬品棚を見つけて、アルコールの備蓄に飛びついたのだ。いまがチャンスだ。

わたしの乗員がどこにいるかわからなかった。さっきの捕虜も知らないといった。そのままにしておく以外に選択肢はない。一方で、できるだけ早く艦隊と連絡をとって、乗員たちを解放してもらおうと思った。いまは反乱者一味から逃れることが最優先だが。

格納庫には搭載艇が三隻あった。それをいちいち調べる時間はなく、幸運をあてにするしかない。大あわてでスタート用エアロックの作動システムをオンにした。搭載艇のなかから操作できるのだ。艇がスタートするとエアロックはふたたび閉まり、格納庫全体が呼吸に必要な空気で満たされるだろう。

すばやく搭載艇に乗りこみ、ハッチを閉めて出発の準備をはじめた。すべて大急ぎで進めなければならない。エアロックが開けば気づかれるからだ。たとえ、宴会中の反乱者たちが酔っぱらっていても、警報を見すごしたり聞き逃したりはしないだろう。

搭載艇は格納庫の床から半メートルのところを反重力フィールドで浮遊した。格納庫内の空気が外に吸いだされ、スタート用エアロック・ハッチが開く。わたしは慎重に小型艇を操縦して外の宇宙空間に出ると、すぐにスピードをあげた。

スクリーンのスイッチをいれてはじめて、まわりを見た。これまで見たことのない未知の星々だが、搭載艇にある星図をもとに、見当がつくだろう。いま大切なことは、わたし自身の船の探知範囲から逃れることだ。

本能的に隣りの星系へコースをとった。そこにかくれるつもりはまったくなかったのだが、それが幸運だった。その時点ではまだ気づいていなかったが……

わたしの船はすぐにちいさくなり、星々のあいだに消えた。いまなら自分の居場所を確認し、最終的なコースを決める時間がある。

わたしはほんのすこし通常の飛行ラインをはなれていたが、それは気にしなかった。

もよりの基地に時間軌道航行でかんたんにつけば、それ以上は必要ないから。慎重にオートパイロットをプログラミングし、最後に近くにある一恒星を見てから、スイッチをいれた。

なにも起こらない。

一瞬、全身の血が凍りついたような気がした。それから、全行程をもう一度くりかえした。もしかしたら、どこかで間違いをしたかもしれない。

やはりなにも起こらない。

わたしが気絶させた男が嘘をついたか、搭載艇が正常に整備されなかったか、わからなかった。いずれにしても、時間軌道にはいることができない。それは光速以下で飛ぶしかないということだ。そうなると、もよりの基地まで数年かかるだろう。

通信機を使おう！

受信は問題なかった。しかし、送信ができないため、応答が得られないのだ。ほんの数光月はなれたところに多くの部隊が駐留しているのに、わたしの声はとどかない。

気がつくと、さっき見た恒星がより大きくなっていた。いくつか惑星も見える。そのひとつが着陸に適していた。通信機を修理して、助けを呼ぶことができるかもしれない。その星系に進入すると、通常エンジンに異常を感じて愕然とした。着陸に必要不可欠の減速が断続的にしかできない。緊急着陸は避けられないだろう。

幸運なことに、強力な反重力フィールドが問題なく機能した。おかげで多少の衝撃は吸収することができる。惑星大気の抵抗効果がこれにくわわる。これで操縦がうまくいってくれれば……

周回軌道にはいって、ひたすらゆっくりと降下していった。いつのまにか、空気抵抗がなくなっている。搭載艇は実質的にまったく推力が使えなかったが、操縦は問題なかった。

未知の惑星を三回まわったあと、大気圏にはいって減速した。墜落は避けられない。飛行コースは急角度になり、最後には垂直になった。

わたしは地表にまっすぐに墜落していった。

厚くなった空気層でふたたび制動がかかる。あとは出力全開の反重力フィールドにまかせた。ハーネスを締めてシートに横たわり、無限とも思える時間、じっとしていた。ななめ上のスクリーンに突進してくる地表が見えた。岩と森が見える。それから、衝撃を感じた。

たいしたけがもなく生きのびたのは奇蹟だった。搭載艇は惑星表面に高くそびえる岩のあいだのくぼ地に着陸した。反重力フィールドは自動的に切れた。

わたしは意識を失ってしばらくシートに横たわっていた。それから、勇気を奮いおこして立ちあがった。できるだけ早く船をはなれて、かくれなければならない。わたしのコースと目的地を察知することは、反乱者たちにとってむずかしいことではないだろう。生活必需品は充分に手元にあった。武器も。わたしは小型通信機をハッチから投げすて、操縦システムを破壊し、搭載艇をはなれて近くの森に身をかくした。翌日には原住種族と接触して、親しくなった。

それから、ふたたび冷静に考えはじめた。なにより、反乱者を乗せたわたしの船が姿を見せないのはありがたかった。こちらを本当に見失ったようだ。あるいは、わたしが故障した搭載艇で恒星に墜落したと思ったのかもしれない。

山の洞窟のひとつをしばらく住めるようにした。それから、ぶじだった通信機の修理に時間と労力をかたむけた。送信の範囲はかぎられていたが、受信はかなりの距離からのものをとらえることができる。

星図と周辺をパトロールする部隊の現在位置報告を聞いて、いまいる星系の座標を算出することができた。そのとき、はじめてわたしは救難信号を発信した。長いあいだ待っても応答はなかったが、ある日、強力な送信者があらわれたんだ。

それは本当に偶然にこのセクターにはいりこんでいた監視巡洋艦だった。わたしは自分のことと、そのほかの短い情報を伝えた。すぐに助けにくるとの返事があった。わたしの船の大がかりな捜索をはじめるとも。

三日後、艦隊の大型艦三隻が着陸し、この惑星を公国領にした。報奨金は発見者であるわたしのものになる。

すぐにロボット・ステーションの建設がはじまった。

わたしは宿営地を何度か訪問した。知りあいになった指揮官はわたしをクランに連れて帰ろうといってくれたが、それは断った。カーセルプン人とクラン人代表との仲介役が非常に気にいったのだ。わたしは永遠にここにとどまることを決心した。

わたしは報奨金がわりに小型船を一隻もらえることになった。もちろん、かなりの量の備蓄食糧も。それもやはり原住種族のことを考慮にいれたからだ。もしかしたら、かれらはいつか、わたしを支配者に選ぶかもしれない……

これがわたしの話だ。ああ、そうだ。わたしの船は反乱者もろとも追いつめられて拿《だ》捕《ほ》された。古くからの乗員たちは解放された。小型船はその者たちにあたえることになるだろう。報償金のとりぶんとして。

＊

さらにいくつかの質問が出たが、チェルソヌールは進んで答えた。そして最後に、

「きみたちがこの惑星に追放されたのははっきりしている。しかし、クランに行きたいんだな。もしかしたら、きみたちを助けられるかもしれない。公国はわたしに恩義を感じているからな」

チェルソヌールに、賢人の使者ジョンスの命令を帳消しにできるほどの影響力があるのだろうか。しかし、いまの状況ではつかむ藁《わら》をえり好みしている場合ではない。

「ハーサンフェルガーと話をするつもりか？」マラガンはたずねた。

「そうだ。あす、わたしのところにグライダーをまわすようにたのもう。きみたちは村にとどまるんだ。そのほうがいい」

チェルソヌールは三人をともなって村におりていった。

カーセルプン人たちは奇妙な客三人を、さらに畏敬の念をもって迎えた。クラン人遭難者が大げさではなかったことのたしかな証拠だ。

暗くなる前にチェルソヌールはいとまごいをして、山の洞窟へもどっていった。

「不思議な人ね」スカウティは三人の感想をまとめた。「わたしたちを本当に助けてくれるのかしら？」

「かれは誠実だ。すくなくとも誠実であろうとしている」マラガンは確信を持っていった。「いまはそれ以上要求することはない」

もう遅い時間だった。三人は眠ろうとひきあげた。

5

次の日の午前中、三人はチェルソヌールを待っていたが、あらわれなかった。恒星がもっとも高い位置に達したとき、木の梢すれすれに涙滴形のグライダーが浮遊するのが見えた。目的地は丘の上にある台地あたりにちがいない。そこに老クラン人の搭載艇が墜落しているのだ。

「チェルソヌールを迎えにいくんだ」サーフォ・マラガンはそういって、友たちのところにすわった。「どうやら、宿営地にわれわれがいることを指揮官にいわなかったようだ。いっていれば、探しにくるだろう」

「ハーサンフェルガーはわたしたちと関わりたくないみたいね」スカウティはいった。「わたしたちをここにとどめておけというジョンスの命令が、そもそも気にいらないのだと思うわ」

「あしたまで待とう」ファドンは提案した。「もし、チェルソヌールがわれわれのところに姿を見せなかったら、基地にもどろう。きみたちはどう思う？」

それぞれの意見がまちまちだったので、次の日にあらためて決めることにした。

グライダーがもう一度あらわれた。こんどは基地の方向へ飛んでいく。チェルソヌールも乗っていることはたしかだ。

その日はとくにすることもなくすごした。ファドンはすこしからだを動かすために、カーセルプン人数人と根菜を探しにいった。原住種族は本当に根菜といくつかの薬草だけ食べて生きているらしい。狩猟対象の獲物はどうやらいないようだ。

日が暮れてきた。しかし、チェルソヌールの乗ったグライダーはもどってこない。もちろん、原住種族の村の上を通らないで、べつのコースを選ぶという可能性もあったが。

ベッチデ人三人は小屋の前の樹の幹に腰かけていたが、突然に音がして驚いて跳びあがった。カーセルプン人たちは小屋から跳びでてきて、興奮して丘の方向を指さしている。マラガンは立ちあがっていたが、騒ぎの原因はわからなかった。いずれにしても、かすかなうなり音が聞こえた。どんどん近づいてくる。

原住種族が小屋にまた駆けもどったとき、やっと乗り物が見えた。まっすぐに村のまんなかに滑りこんできて、広場に着陸する。チェルソヌールが大儀そうに成型シートからおりてきた。カーセルプン人が小屋からおずおずと出てくるのを見て笑っている。なにも恐れることはないと、手振りで説明しようとしていた。

それからやっと、ベッチデ人たちのところにきて挨拶した。

「ほんのすこし長くかかった。ハーサンフェルガーが乗り物を出せないか、あるいは出したくないというから、貸出用グライダーを使うしかなかったのだ。補給船が到着するまで手もとに置いておこう。補給船のなかにわたしのグライダーがあるから」

「指揮官と話したのか?」マラガンはたずねた。

「話した。わたしは念のために、きみたちのことにはまだ触れなかった。ハーサンフェルガーはきみたちが姿を消したのでかなり怒っているが、それを言葉にはしない。きみたちをここにとどめおくという指示を、ばかげたことだと思っているからだ。むしろすぐにでも厄介ばらいしたいが、残念ながら、自分自身では決定できないらしい」

「それでも話してくれればよかったのに。われわれはハーサンフェルガーの決定なしでも姿を消すことができたんだ。そうしたら、指揮官は責任から解放される」

「それできみたちはどうするつもりなんだ? あす、建設部隊が出発する。基地がすぐにも使えるようになったからだ。警備コマンドだけがのこる。三百人以上のクラン人、リスカー、ターツ、プロドハイマー＝フェンケンだ。かりに一輸送機にひそかにもぐりこむことに成功したとして、きみたちになんの得があるんだ? ここに連れもどされるか、あるいは新しい基地をつくることになるどこかべつの惑星に着陸するだけだろう。だれもきみたちをクランに連れていきやしない」

「じゃ、どうしろというんだ?」

チェルソヌールはこれまでなかった好奇心を見せて三人を見た。なにかはっきりとした考えがあるようだ。しかし、まだそれを口に出そうとはしない。話題を変えた。

「スプーディのことだが、きみたちは本当によく考えたことがあるか？　つまり、保持者の知性や決断力を増す特性のことではなく、ときおりあらわれる一体化衝動のことだ。どうだな……？」

マラガンは一瞬あっけにとられて茫然としたが、スプーディ病の症状のひとつを思いだして、ゆっくりとうなずいた。はっきりとした確信があったわけではない。

「あなたが具体的になにを考えているのか、なにをいおうとしているのか、わたしはわからない。しかし、いま指摘されたような衝動があることは実際に確認した。それはスプーディ病発症のさいに恐るべき現象としてあらわれる。あなたも聞いたことがあるだろう。その病気にかかったスプーディ保持者は、共生体のやりとりが楽にできるよう、可能なかぎりからだをよせあう。しかし、自由意志からではない」

「もちろん、保持者の意志ではない。むしろ、スプーディの意志だ。スプーディのほうだけが原因だと、わたしは確信している。だから、ある考えにいたった。それにさらにべつの事実がくわわる。きみたちがいった、賢人の使者ジョンスのことだが……」

「ジョンスがその話といったいどんな関係があるのか？」

「直接にはない。しかし、わたしの記憶が正しければ、ジョンスはきみたちが賢人を個人的に知っていると思った。なぜそう思ったかはわからないが、納得できる説明があるとすれば、ジョンスはきみたちをなにか特別な存在だと考えている」

「そうだ、そうなんだ。われわれが賢人について自分よりもっと知らないことがわかって、がっかりしていた。だから、われわれをこの惑星に追放した。しかし、それがスプーディといったいどんな関係があるんだ？」

「それを話そう」チェルソヌールはやっと本題にはいった。「共生体の一体化衝動にはきっと目的があるにちがいない。病気にかかると、その衝動をとめることができなくなるんだ。つまり、スプーディはまったくためらいを忘れる……比喩的表現だが。その衝動は通常の状態でも起こるが、抑制されているのだと思う。しかし、一スプーディに、すでに埋めこまれたほかのものと合体する機会をあたえたら、なんらかの反応があらわれるにちがいない」

マラガンはチェルソヌールがなにをいいたいのか、わかってきた。あわてて拒否するように手を振る。

「あなたがなにをいいたいのか、わかってきた。たとえば、すでにスプーディを保持している者にべつのスプーディを追加して埋めこむということか？　そのような実験の結果がまだわからないこと、危険かもしれないことはさておいて、意味がわからない。スプーディを二匹持って、なんになるんだ？」

チェルソヌールは声をひそめた。だれかにこの話を聞かれるのを恐れているかのようだ。しかし、原住種族はひとりもそばにいなかった。

「一匹のスプーディは知性を高める。それはたしかだ。だったら、二匹のスプーディは二倍の知性を意味するかもしれない！」

マラガンはスカウティとファドンの顔に疑念の色が浮かんだのを見て、かぶりを振った。

「おい、チェルソヌール。ただ曖昧《あいまい》な論理を証明するためだけに、まさかわれわれを使って命に関わる実験をしようというのではないだろう？　二倍の知性とは、そもそもどういうことなんだ？　わたしは自分の頭で充分だが」

チェルソヌールはがっかりしたかもしれないが、そんなことはおくびにも出さない。かんたんにあきらめなかった。

「二倍の知性だけではない。もっと重要なのは、行動意欲、影響力、決断力の強化だろう。この要因はきみたちのこれからの運命を決定する。ハーサンフェルガーは驚くにちがいない。びっくり仰天する。それがきみたちが目的を達成する唯一の方法だ」

マラガンは答えをもとめるかのように、夜の闇を見つめていた。スカウティが沈黙を破った。

「なぜカーセルプン人たちを使って実験しないの？　知性の倍増をとても必要としてい

るかもしれないわ」

チェルソヌールは拒否するようなしぐさをした。

「さっきいっただろう、ジョンスはきみたちを特別な存在だと考えていると。わたしもそう考えている。ベッチデ人ならダブル・スプーディを保持できると確信しているのだ。それには理由があるのだが、公国の過去の重大な秘密だし、かんたんに説明することはできない。だから、これ以上質問をしないでほしい。しかし、わたしの提案以外に解決法はないと思う。決定するのはきみたちだ」

チェルソヌールはまわれ右をして歩いていった。

「ちょっと待ってくれ」マラガンはひきとめた。「そのグライダーはどうするんだ？」

「そこに置いて上の洞窟に行く。あす会おう。それから、先を話そう。決定はまだくだっていない」

チェルソヌールは向きを変えて、木々のあいだに消えていった。

ファドンは不安になってきた。

「こっちが思い違いをしているのか、それとも、われわれにチャンスをあたえようというのだろうか？　グライダーのことだ。よりにもよって、なぜわれわれの鼻先にとめておくのだろう？　あれに乗って逃げろといっているのか？」

「どこへ逃げるの？　宿営地？」スカウティはたずねた。

「宇宙港だ」マラガンは確信を持って答えた。「建設部隊の輸送機はあす出発する。夜なら密航者になれるかもしれない」

「わたしもちょうどそれを考えていた！」ファドンはきっぱりと認めた。

「ためすことはできるわね」スカウティはため息をついた。

三人が鍵のかかっていないグライダーに乗りこんだとき、だれもこちらに注意をはらわなかった。操縦は問題ない。

音もたてずに草原へ飛びだした。

＊

グライダーは格納庫の手前二キロメートルでとまった。宇宙港はそこから右にある。わずかな投光器がぼんやりとした光をひろげていた。三人の前に、着陸床をパトロールしている歩哨の影が見える。

三人はグライダーのなかにすわったままでいた。

「あまりいい状況ではないわね」しばらくして、スカウティがいった。

「もうすこし近よってみよう」マラガンは提案して、最初に降りた。

三人は歩哨の巡回コースまでほぼ三百メートルのところまで近よった。それ以上は近づかない。浅いくぼ地にかくれて、着陸床のようすを観察した。

出発準備がすでに完了したのはたしかなようだ。もう輸送機は並んでいて、どれもハッチが閉まっていた。歩哨の数はすくないが、機内に忍びこむのは不可能だろう。

「まずいな」ファドンもやはり認めた。

「これで決心する必要もなさそうだ」マラガンはファドンに賛成した。「われわれがひそかにここから姿を消そうとしていることを、ハーサンフェルガーは予想して、それなりの対策を講じたのかもしれない」

「チェルソヌールが警告したのかしら？」スカウティはたずねた。

「いや、そうは思わない」マラガンはそっと立ちあがった。「ここにいないほうがいいだろう」

足音をたてないように、借りたグライダーにそっともどっていった。

希望は失われた。

＊

チェルソヌールは翌日の昼ごろにあらわれた。

「わたしの予想どおりに行動したな」ふたたびもとの場所にもどっているグライダーを指さしている。「すくなくとも、逃げだせないことはわかったはずだ。マラガン、いっしょにこないか？」

「どこへ?」マラガンは驚いてたずねた。

「倉庫だ。スプーディをどこに保管しているか知っているんだ」

「つまり、あなたはあの計画にまだこだわっているのか?」

「けっしてあきらめない。乗り物をここに置きっぱなしにしたのは、たんに、きみたちが逃げだしてもわたしが責任を負わなくてすむようにするためだ。逃げようとしても意味がないことをきみたちに納得してほしかった」

「なんて寛大なんだ」マラガンはつっけんどんにいった。「それに、私欲がない」

「そうだろう?」チェルソヌールは本気でうけとめたようだ。「それで、どうする? いっしょにくるか、マラガン? ハーサンフェルガーと話ができるかもしれない」

それはいずれにしても魅力的な提案だった。

「もし、指揮官がわたしを監禁したら?」と、マラガン。

チェルソヌールは大きくにやりと笑った。

「わたしがその気にさせるとでも? ありえない!」

「あなたがその気にさせれば」スカウティはいった。「スプーディ一匹を合法的に手にいれるなんて、かんたんなことでしょう」

チェルソヌールははげしく拒否の動作をした。

「きみは間違っている! それはわたしがその気にさせてもだめなんだ。ジョンス自身が二匹めをほしがったとしても、もらえないだろう。盗むしかないんだ。マラガンは指揮官の気をそらしてくれ。わたしが盗むから。倉庫の担当者はわたしの顔を知っているし、わたしが倉庫の貯蔵品をあれこれ持ちだす権利を認めるハーサンフェルガーの指示書を、よく持ってくることも知っている。今回、持ちだす品はスプーディだ」

チェルソヌールは実際の方法についてはいわなかった。しかし、マラガンは雑談を半時間ほどして、この老クラン人に同行することに同意した。念のために、チェルソヌールの難破船から持ってきた小型ブラスターを制服のポケットに押しこむ。

ファドンとスカウティはマラガンのグライダーが草原の向こうでちいさな点になるまで見送った。

「うまくいけばいいけど」スカウティはつぶやいた。「指揮官がサーフォを拘留したらどうする？」

ファドンはむりにほほえもうとした。

「ま、そうしたらわれわれはここでちょっとひと休みしてから、血路を開いて救いだす方法をまた考えよう。チェルソヌールが手助けしてくれるよ」

「ばかばかしい！」スカウティはどなった。「あのクラン人がサーフォの拘留をとめられなかったら、解放することもできやしないわよ」

「どうなるかわからないことを考えるのはやめよう」ファドンは不機嫌な顔で助言した。

＊

クラン人とマラガンは宿営地のまんなかにグライダーをとめた。

チェルソヌールは一ターツを呼びとめて、

「おい！　そこのきみ！　指揮官はオフィスにいるか？」

大トカゲは立ちどまって、動かない目で調べるように相手を見つめた。

「ほかにどこにいるというんだ？」トカゲはそのまま歩いていった。

「とても参考になる情報だった」チェルソヌールはグライダーから降りた。「行ってみよう。指示書が必要だ」

だれもこちらを気にしていないので、マラガンは驚いた。自分たちベッチデ人を探していれば、雰囲気でわかるはずだ。しかし、どうやらそうではないらしい。クラン人数人に出会ったが、こちらに目もくれなかった。

指揮官ハーサンフェルガーも同じような態度だった。

マラガンにカーセルプンの居心地はどうかとたずね、残念ながら三人を乗せずに建設部隊が出発しなければならないことを告げたが、それだけだ。

「最初の補給船がくるまでに、クランから新しい指示がくるかもしれない」なぐさめるような口調だった。「補給船がきみたちを、せめてもよりの基地までは連れていくだろう。クランへの道のりは遠い」

「気づいたのですが」マラガンは答えた。「まるで、われわれベッチデ人を恐がっているようですね」

チェルソヌールがその言葉をさえぎった。

「指揮官、原住種族たちのために必要なものがいくつかあるのです。かれらはいい素質を持っているし、主食になる根菜の栽培にもとりくんでいる。耕作に必要なかんたんな道具が必要なんです。畑に水をひくためのポンプも。わたしにその調達指示書を交付してください」

ハーサンフェルガーはチェルソヌールを、ひときれのパンを恵んでほしいといっている浮浪者であるかのように見たが、やがてうなずいた。

「いいだろう、チェルソヌール。交付しよう。だいじなのは、われわれの助けに原住種族がよろこぶことだ。スプーディなしでは、これまでのように細々とかろうじて生きのびるだけだっただろう」

ハーサンフェルガーは一枚の紙になにか書いて、サインをして、印を押した。

チェルソヌールはそれをじっと見てから満足げにうなずくと、一時間以内に迎えにくるとマラガンに約束し、立ちさった。

マラガンは驚いた。チェルソヌールは指揮官の筆記用具をそのまま持っていってしまったのだ。

ハーサンフェルガーとの話で新しい情報は得られなかった。まして、成果などはまったくない。それでも、指揮官は自分の手にゆだねられたベッチデ人に、歩哨として宿営地にとどまれとはいわなかった。

「きみたちがチェルソヌールの仕事を手伝えば、それも公国の利益になるかもしれない。われわれが担当する惑星の住民をできるかぎり助けるというのが、クランドホル公国の理念のひとつだ。ここではそれがとくに重要なようだ」

「感謝します、指揮官。つまり、われわれはカーセルプン人の村に滞在していいと？」

「そうだ、それをいいたかった。しかし、連絡をとれるようにしておくほうがいい。直接か、チェルソヌールの通信機で。新しい指示がくるかもしれない……」

「わかりました。定期的に連絡をとりましょう」

「そうしてくれ。そうだ、わたしはまだすることがある。オフィスの外でチェルソヌールを待ってくれないか？　宿営地のなかは自由に動いてもらってかまわない」

別れはほんのすこし形式的だったが、それほど無愛想ではなかった。マラガンはオフィスの建物をはなれて、グライダーにもどる。チェルソヌールはまだもどっていない。

マラガンはなかにすわって、待った。

老クラン人は指示書の最終行の下に、まだ充分スプーディのことを書きいれるスペースがあるのを見ていた。指揮官の筆記用具を使い、その筆跡をまねて、良心の呵責《かしやく》なしに書いた。

＊

倉庫を管理するクラン人は不審に思うこともなく、その指示書をうけとったが、スプーディのところだけは驚いている。

「スプーディだって？ どういうことだ？ 原住種族たち全員にあたえたじゃないか」

「そう思うだろう。しかし、ひとり忘れていたんだ。その男がおろかなふるまいをしたから気づいた。根掘り葉掘りたずねると、公式の処置のあいだ、あとから順番がくるべつの村に行っていたらしい。だからスプーディを保持していないんだ」

「だらしない仕事ぶりだ！」その管理人は怒った。「またあの苦労をしなければならないじゃないか」

「そんな必要はない！」チェルソヌールはなぐさめた。「わたしには経験があるから、ひとりでやる。きみはそれをわたしてくれさえすればいい。あとのことはわたしがやる。道具はすぐにわたしのグライダーに積みこもう」

管理人がチェルソヌールをよく知らなければ、もっと警戒したかもしれない。しかし、管理人は老クラン人の功績と、うけている優遇処置を知っていた。

「スプーディをとってくる。そのあいだ、ほかの荷物を積みこんでくれ」と、管理人。

グライダーはふたりぶんの場所もほとんどないほど、荷物でいっぱいになった。

「カーセルプン人たちを働く気にさせるのは、かなりむずかしい。たしかに、森や草原で充分な食糧が見つからないことは自分たちもわかっている。それでも、根菜と薬草を計画栽培すれば全員が満腹するようになると、理解させるのは不可能かもしれない」チェルソヌールがいった。

「かれらはそもそも、道具というものを知っているのか？」と、マラガン。

「いくらかは配られた。しかし、だれもそれがどこにあるか知らないのだ。あ、友がスプーディを持ってきたぞ……」

管理人はチェルソヌールにちいさな金属の箱をわたして、うけとりのサインができるように、その上に指示書を置いた。老クラン人はためらいもなくサインする。

「ありがとう。また会おう」チェルソヌールはエンジンのスイッチをいれた。片手でマラガンにちいさな箱をわたし、もう一方の手で管理人に指示書を返そうとした。しかし、空調装置の冷風があまりに強かったにちがいない。フォリオがチェルソヌールの手からはなれ、タービンのなかに消えた。「ああ、申しわけない。倉庫にコピイがあってよかった。では、これで……」

チェルソヌールは返事を待たずに出発した。

マラガンはスプーディのはいった箱を膝の上でしっかりと持った。振り向くと、管理人がもどってこいと手招きしているのが見えた。チェルソヌールにそのことを伝える。

「やらせておけば、そのうちあきらめる。つまり、こういうことだ。倉庫のコピイにはもちろんわたしのサインはない。あの男はけっしてわたしがスプーディを手にいれたことを証明できない。それに、次に行くときまでには忘れていると思うよ」

マラガンはそういいきれるかどうか疑問だと思ったが、もう抗議はしなかった。グライダーは草原を横切って、樹木群と藪のそばを通っていく。やっと村が見えたのは、すでに午後遅くだった。

チェルソヌールはカーセルプン人数人を呼びよせ、道具をおろすのを手伝わせた。原住種族たちは山積みになった鍬《くわ》、シャベル、ミニ反応炉で動く給水ポンプを前に茫然と立っていた。

「道具はここに置いておくんだ！」チェルソヌールはきびしく命令した。

「ファドンとスカウティはどこにいるんだ？」マラガンはあらゆる方向を見まわした。

「音が聞こえただろうに」

チェルソヌールは急に心配そうな顔になった。原住種族からそれとなく聞きだそうと、しばらくがんばったが、得られた情報はよろこばしくないものだった。

「ふたりだけで森に行ったらしい。難破船をもう一度よく見たいと思ったのだろうか？　心配するほどのこともないかもしれない。しかし、洞窟のほうに向かったら危険だ。警告しておけばよかった」

マラガンは老クラン人にスプーディのはいった箱をわたした。

「ふたりを探してみる。あなたが話しているのはどんな危険なんだ？」

「凶暴な原住種族だ。クラン人とまったく接触しようとしない。まだスプーディを保持しておらず、この村のカーセルプン人を襲撃したことさえある。わたしの洞窟にきてわたしを襲おうとしたときは、いずれにしてもはねつけてやったが」

「なぜこれまで一度もそのことを話さなかった？」

「なんのために？　きみの友が自分たちだけでこのあたりを歩きまわることなんか、考えられなかったんだ。さ、探しにいかなければ。さもないと、ふたりは罠にはまってしまう。ファドンもスカウティもカーセルプン人の区別ができない。もし蛮人に出会っても、自分たちの友だと思うだろう」

ふたりはベッチデ人が滞在している小屋にスプーディのはいった箱をかくした。マラガンは小屋のなかで小型ブラスター二挺を見つけた。つまり、ファドンとスカウティは武器を持たずに出発したのだ。

「あと二時間で日が沈む」チェルソヌールは警告した。「わたしはグライダーから小型投光器を持ってくる」

ふたりは小道にそってしばらく歩いた。マラガンがすでに知っている道だ。それから、左に曲がった。チェルソヌールはマラガンよりも目がいいだけではなく、敏感な鼻も持っている。あたりのにおいを嗅いで、ふたたびからだを起こした。

「ふたりはここで曲がったんだ。足跡はそれほど古くない。もしかしたら三時間くらいしかたってないかもしれない。道を間違えていなければ、洞窟の近くにいるにちがいない」チェルソヌールは先に立って歩いた。「途中で蛮人たちの手に落ちていなければだが」

藪が密になってきた。しかし、細い道はまだはっきりと見えた。新しく折られた枝がマラガンにもわかる。ふたりはさらに急いだ。

「洞窟まであとどのくらいあるんだ、チェルソヌール？」

「それほど遠くない。岩山がはじまるところのさらに上だ」

木の葉《こ　は》を通して、岩が白く光っているのが見える。沈みゆく恒星光があたっているからだ。

目の前にちいさな空き地があらわれた。前を歩いていたチェルソヌールが突然、立ちどまる。なにもいう必要はなかった。黙って、折れた棍棒と、クラン艦隊の新入りの制服らしい布きれを指さす。

あとのことは、柔らかい森の地面にのこった足跡が物語っていた。

「急ごう!」チェルソヌールはさらに先を進んだ。

マラガンは怒りを嚙み殺して黙ってついていった。小型ブラスターはすぐ使えるようにベルトにはさんである。

6

村で待っているのが退屈になった。それに、小屋のなかは耐えられないほど暑い。森や上の台地ではもっと涼しいだろう。

ブレザー・ファドンとスカウティは散歩することに決めた。村から遠くはなれるつもりはなかったので、小型ブラスターは置いてきた。

村の広場を横切って、森にはいっていっても、だれも気にするようすはない。すこし登ると、はっきりと涼しさを感じた。

小道がふた股に分かれたとき、立ちどまった。

「選択の自由には苦労がつきもの」ファドンの哲学的考察だ。「難破船までの道はもう知っている。ほかの道を行ってみないか？　謎めいたチェルソヌールの洞窟が見つかるかもしれないだろう？」

しばらく考えてから、スカウティは賛成した。洞窟はどうでもよかった。考えていたのは、むしろサーフォ・マラガンのことだ。心配していたのだ。ハーサンフェルガーに捕まっていたら、どうしたらいいのだろう？

森は木がまばらになっている。岩が、台地と洞窟が近いことをうかがわせた。チェルソヌールがいっていたとおりだ。

「そこになにかいたぞ」ファドンは立ちどまった。「動物だろうか？　そもそも、ここに動物なんかいるんだろうか？」

小枝が折れていて、わきによせてある。人影がいくつか森の空き地にあらわれた。棍棒をすぐに使えるように手に持っている。

スカウティはほっと安堵のため息をもらした。

「わたしたちの知っているカーセルプン人だわ。よかった！」愛想よく手を振って、歩いていった。いちばん近くにいた者が棍棒を振りあげたとき、ファドンは飛んでいって、スカウティをひきもどす。

「知っている原住種族じゃない！　見たことがないし、こっちを知らないんだ。たぶんべつの部族だ。気をつけろ。襲いかかってくるぞ……」

ゆうに十人以上のカーセルプン人が、棍棒や木の枝を振りあげて向かってくる。スカウティはそのひとりから棍棒をとりあげて、攻撃者を近づけないように振りまわした。ふたりを殴りたおす。しかし、相手はあまりにも大勢だった。投げられた棍棒が腰にあたり、スカウティはよろけてすぐにとりおさえられた。

ファドンのほうも似たようなものだった。たしかに、思いがけない攻撃者からしばらく身を守ることには成功した。しかし、原住種族はスカウティを捕まえると、数で負けているもうひとりのベッチデ人に専念した。

原住種族は妙にあわてて、ふたりを空き地から森のなかに追いたてた。小道は通らず、藪のなかを苦労して進む。それはさらに多くの足跡をのこす結果となった。それを見て、スカウティは安心した。マラガンが基地からもどってこなくても、すくなくともチェルソヌールが自分たちを探しだすだろう。

台地のすぐ下を進んだ。カーセルプン人はふたりを、沈みゆく恒星に向かって西へ追いたてていった。突然、前ほど急がなくなる。その理由は、目の前の大きな空き地に小屋がいくつもあらわれて、棍棒を振りかざして蛮人の群れがこちらに向かってきたからだ。上首尾の狩人たちを歓迎するように、しきりに大声を出している。

「これまでクラン人から逃れていた部族にちがいない」ファドンはいった。「ほかには考えられない」

「しずかに。刺激しないで!」スカウティは注意をひかないように、小声で助言した。

「でも、われわれを殺したら?」

「きっとベジタリアンよ……そう願うわ」

原住種族のひとりがスカウティの口に汚い手を軽くあてた。黙れといっているのだ。

それから、ほかの者にカーセルプン人独特のうなるような話し方でなにかいっている。そのしぐさから、どうやら捕虜ふたりをどうするか相談しているらしい。しだいにしずかになっていった。棍棒を持った原住種族四人が見張りをひきうけ、ほかの者は空き地のはしのほうにひきあげていく。

ベッチデ人ふたりはあえてしゃべらなかった。ぴったりとならんで、空き地の落ち葉でおおわれた地面にすわっていた。縛られてはいない。スカウティの視線は森のはしの一点にくりかえしもどった。森からこの空き地に出てきた場所なのだ。助けはそこからくるにちがいない。

話しあいは長くかかった。意見が一致しないのだろう。見張りはしだいに退屈してきたらしい。自分たちの義務をもうそれほど重大に考えていないようだ。それでも、逃走の試みは意味がないかもしれない。しかし、捕虜たちはふたたび小声でおたがいに話すことくらいはやってみた。

「すぐに暗くなるわ、ブレザー。カーセルプン人ってそもそも、夜によく目が見えるのかしら？」

「気づいたんだが、日没後は自分たちの小屋にはいってしまう。夜に外にいるのがいやなんだ」

「こっちには好都合かもしれないわね」

「そうだな。それを期待しよう」

カーセルプン人の動きを観察していたスカウティは、大きな皿形のいれものが運ばれてきたのを見て驚いた。最初に浮かんだ考えは、めずらしいごちそうを用意するのだろう、ということだ。ちなみに、皿にのるのは自分とファドンだが……

ファドンをつついた。

「見た？　わたしたちは鍋にいれられるみたい」

ファドンはかぶりを振って、

「そうじゃないだろう、スカウティ。あいつらは火も使わないんだぞ」

それはとりあえず正しかった。火は下の村にいる友好的な原住種族のところでも見なかった。だからといって、安心はできない。ほかの可能性もある……

こんどは数人が薬草と根菜を持ってきて、乾かした粘土でできた大きな鍋にいれた。それを木の棒でついて砕き、どろどろの状態にする。そのさいに、料理人らしい者たちは捕虜ふたりにくりかえし視線を投げた。スカウティはしだいにいらいらしてきた。

「すぐに暗くなるわ。逃げましょう。あなたはそばにすわっているふたりをかたづけて。石があるわ」

「森にはいると、どこにいるのか見当がつかなくなる。まして、暗くなればまったくわからないぞ」

「根っこと薬草のなかに混ぜられたいの？」スカウティはブレザーのやる気を起こすために、情け容赦なくたずねた。「さ、やって、ブレザー！」

ファドンはためらいがちに、空き地のはしで長談義している者たちを見た。そこで決定がおりないかぎり、自分たちに直接の危険はない。しかし、また空き地にもどってきたら、逃げるのは間にあわなくなる。

スカウティのいうことは正しい。いまが絶好のチャンスだ。

慎重に自分のまわりを手探りした。こぶし大の石を見つけ、それを足の下にかくす。

「もっと暗くなるまで待とう」ファドンは提案した。

「向こうの長談義が終わったらすぐに行動するのよ」スカウティは反論した。

ファドンは黙ってうなずき、了解した。

＊

すぐに暗くなったが、チェルソヌールとマラガンははっきりとのこった足跡をたどるのに苦労はしなかった。目を閉じていても、見失うことはなかっただろう。

突然、老クラン人が手をあげた。

「音がする！」そうささやいた。「たぶん、村があるんだ。くるのが遅すぎたのでなければいいのだが」

マラガンは怒りをこらえて黙っていた。友ふたりの軽率さに腹がたった。そしてとりわけ、チェルソヌールがもっと前に警告してくれなかったことに……

藪のなかをさらに慎重に分けいり、空き地のはずれにきた。暗くなっていたが、長談義をするカーセルプン人の一団が空き地の向こうにはっきりと見える。あちこちに散在する小屋も、捕虜ふたりが見張り四人といるのも、同様に見えた。

大きな鍋を見たとき、マラガンはたずねた。

「やつら、人を食うのか？」

「ばかな！　あのなかで薬草をつぶして、へどが出そうな飲み物をつくるんだ。祝いごとがあると、いつも用意している」

「それをだいなしにしよう！」マラガンはきっぱりといって、ベルトからコンビ銃をぬいた。「麻痺させるだけでいいな？」

「そう、お仕置きとしてはそれで充分だ」

まさにこのとき、開けた場所の向こうで集まっていた者たちが散っていった。スカウティとファドンは勢いよく立ちあがり、見張りを殴りたおして、チェルソヌールとマラガンがかくれている場所へと走ってきた。

まるで申しあわせていたようだった。

「ここだ！」マラガンはふたりに向かって叫んで、扇状にひろがるエネルギー・ビームを見舞った。それは逃げてくるふたりのわきをすれすれに通りすぎて、あっけにとられているカーセルプン人を捕らえ、たちまち麻痺させた。すくなくとも一時間は意識を失っているだろう。

「あぶないところだったわ」スカウティはあえいで、持っていた石を投げすてた。「すぐにここから逃げましょう！」

「ちょっと待って」チェルソヌールがたのんだ。狙いを定めて撃ち、カーセルプン人のひとりを仲間からうまく孤立させると、そちらに向かって歩いていく。「あの連中にまだいわなければならないことがある」

クラン人はハンドサインとうなるような口調で原住種族になにかいっている。最後に相手の胸をひとつきすると、向きを変えて三人のところにもどってきた。

「仲間が一時間後にふたたび目ざめることと、二度とわれわれに近づくなということをいったんだ。ハーサンフェルガーはすぐにあいつらをなんとかすべきだ。いいかげんにスプーディをあたえるんだな」

いつのまにか、あたりは真っ暗になっていた。チェルソヌールは投光器のスイッチをいれて、先を歩いた。スカウティとファドンは自分たちの経験を話してから、マラガンのいうことを黙って聞いて、これからより注意深く行動すると約束した。

道の分岐点までくると、チェルソヌールはいった。

「わたしの洞窟へ行こう。そこで夜をすごすんだ。あす、わたしは小屋からスプーディを持ってくる」

三人は黙ってチェルソヌールにしたがった。

マラガンはスプーディのことを考えると、胃のあたりに奇妙なうずきをおぼえた。しかし、老クラン人は自分の行動に自信があるようだ。

＊

「こんなに美しいのは見たことがない」チェルソヌールは金属の小箱を開けたあとでいった。「ほら……！」

いれものの底に、体長二センチメートルほどのミツバチのようなスプーディが、細い吻《ふん》を神経質に動かしながら、興奮して八本脚であちこち這いまわっている。銀色で、環状に生えた毛がはっきりと見えた。

マラガンは共生体を複雑な気持ちで見ている。

「外見はどれも同じだ」決心がつかないようすでうなった。「もし、わたしのスプーディがこれと仲よくできなかったら、どうなる？」

チェルソヌールは狼のような顔にしずかな笑みを浮かべた。

「きっと仲よくやっていく。心配はない。そうでなかったら、最初からこの一体化の試みはないも同然だ」

「このような特別な場合でも、外科手術をしないで可能なのか？」

「もちろんだ。それに、まったく痛みもない」

「つまり、あなたの意見によれば、この試みに危険はないと？」

「それをわたしは確信している。そうでなければ提案しなかっただろう、マラガン。はじめようか？」

全員、洞窟の前にある岩や樹の幹にすわっていた。洞窟のなかですごした夜は涼しく、快適だった。チェルソヌールがここを、夜も暑い小屋より好むのはむりもない。

マラガンはたいらな岩の上にからだをのばした。チェルソヌールはマラガンにおおいかぶさるようにからだを曲げて、閉じこめられていた場所からスプーディが出やすいように、小箱をななめにした。共生体をすぐにベッチデ人の頭に置くことは意図的に避けた。直接の接触がなくても一体化衝動が存在することを立証したかったのだ。

実際にスプーディは這うように動きはじめると、一瞬たりともためらわず、まっすぐにマラガンの前頭部をめざし、褐色の髪のなかに姿を消した。

スカウティは手をのばすと、マラガンの髪をわけて、スプーディがふたたび見えるようにした。それはマラガンの頭皮下にもとからいる共生体のところまできている。

触角二本が動きだした。

「なにか感じる、サーフォ？」スカウティは心配そうにたずねた。

マラガンはかぶりを振りそうになった。しかし、すぐにやめた。

「すこしむずがゆいだけだ。けっして痛くはない。どこまで行った？」

「あと一ミリメートルよ。もう一匹のすぐそばにいる」

マラガンは目を閉じた。その表情からは推察できるものはなにもない。しずかにそこに横たわり、待っている。

スカウティは手をふたたびひっこめた。スプーディはもうすでに頭皮下になかば姿を消していた。血の一滴も見えない。刻々と深くはいりこんでいき、からだのうしろ部分も見えなくなった。奇蹟のように、傷もすぐにまた閉じはじめる。

「なかにはいった」チェルソヌールは満足と驚きを同時に強調した。「効果があらわれるまでしばらくかかる。すわってもいいぞ、マラガン」

マラガンははじめてふたたび目を開き、起きあがった。見るからにほっとしている。

「効果があってもなくても、からだに障害が起きないことが重要だ」

「もっと知的になったと感じるか？」ファドンはたずねた。

「ばかなことをいうな、ブレザー！　どのくらいかかるか、自分でも知っているだろう。そういう質問をするということは、きみのスプーディはまったくむだだったと判断せざるをえないな」

「あと二、三時間は安静にすることをすすめる」チェルソヌールはふざけた論争を中断させた。「洞窟で寝ていろ。そこは涼しい」

マラガンは起きあがり、多少ふらついたが、やがてしっかりと立つと、ほかの者に会釈して、洞窟のなかに姿を消した。

「わたしはただ」スカウティはいった。「合併症がないことを祈るだけよ」

「それはない」老クラン人は保証した。「ベッチデ人ふたりをまたあの奇妙な探るような目で見る。これまでも何度かあったことだ。「ベッチデ人が問題なくダブル・スプーディ保持者になれることはわかっていた。いま、それが証明されたのだ」

「証明されたのは、スプーディ二匹がみずからの意志で一体化することだけだ」ファドンはいった。「その効果は待ってみなければならない」

「マラガンの持つポジティヴな特性がわずかに変わることはあるかもしれない。しかし、それもわたしはひとつの成果として評価する。いずれにしてもマイナスの変化は起きない。きみたちもわたしも、スプーディの効果がだれにもおよぶわけではなく、その影響はさまざまであることを知っている。ダブル・スプーディの場合もそれは同じだろう」

「それがわかるまで長くかからないといいんだけど」

「効果がはっきりするまで、二日か三日だ」チェルソヌールはもう一度いって、立ちあがった。「わたしは難破船のところへ行く。きみたちはここにいるか？」

「いまサーフォをひとりにしたくないの」スカウティは断った。

チェルソヌールはものわかりよくほほえんで、立ちさった。

ふたりはそのうしろ姿が木々のあいだに消えるまで、見送っていた。

スカウティがいった。

「あの人がベッチデ人種族のなにを知っているのか、あるいは予想しているのか、とても知りたいわ。クラン人がわたしたちを見つけてから、それほど時間はたっていない。でも、きっとずっと前から知っていたのよ。賢人の使者の思いこみや、チェルソヌールの知識……これらはいったい、どう結びつくのかしら?」

「もうすこしかんたんなことを質問してくれ」ファドンは木かげに移動した。恒星が昇りはじめたからだ。「わたしにとってたしかなのは、ベッチデ人が公国の歴史のなかでかつて重要な役割を演じたということだ。いや、まだ演じているのかもしれない。賢人のことがもっとわかったら、その謎はきっと解ける。そのためにも、われわれはクランへ行かなければならない」

スカウティは立ちあがった。

「暑すぎるから、洞窟のなかに行くわ」

ファドンがあとにつづいた。

マラガンは落ち葉のベッドの上に横たわり、しずかな寝息をたてて、眠っていた。

＊

午後、四人は村におりていった。道具を使って森を開墾し植物を植える方法を、カーセルプン人に教えるためだ。クラン人たちは意識的に、最新式の機械を使わせなかった。進歩が遅れた種族の自然的発展を先どりしないためだ。

原住種族ははじめはつまらなさそうだったが、根菜を遠くまで探しにいかずにすむことを、しばらくしてやっと理解したようだ。そのとき、興味を持ったのがはっきりとわかった。それがもっともたいせつなことなのだろう。

マラガンはからだをいたわるため、はなれた木かげにすわって見ていた。無意識に手がときどき頭のあの場所にいく。そこにはスプーディが二匹いるのだ。

四人は日没前に洞窟にもどった。

次の日、もう一度村に行ってみた。原住種族が新しい道具をうまく使っているか確認するためだ。カーセルプン人が十人以上、きのう耕したばかりの畑に畝《うね》をつくり、若い根菜を植えていた。四人はうれしかった。原住種族にとり、食べたいと思うおいしいものを泥でおおってしまうのは、きっと残念だっただろう。しかし、自分たちの行動の意味を理解したことがそれでわかった。

チェルソヌールは非常に興奮して、いった。

「ハーサンフェルガーのところに行って、このことを報告しなければならない。これは指揮官の功績でもあるんだし、これまで以上にわれわれに感謝するだろう」

「グライダーに乗っていくのか？」

チェルソヌールは村のほうを振りかえっている。マラガンはこちらに浮遊してくるグライダーに気づいて、

「行く手間がはぶけるだろう」と、老クラン人に向かっていった。「客がきた」

原住種族は作業を中断したが、パニックにはならなかった。グライダーは畑から遠くないところに着陸した。ハーサンフェルガーがコクピットから降りてきて、武装したターツ二体があとにつづく。

チェルソヌールは一行を出迎えた。指揮官にしきりに話しかけ、ためらいがちに作業を再開した原住種族のほうを何度か指さす。ハーサンフェルガーは護衛に合図をした。ターツはグライダーにもどっていったが、なかにははいらない。

ハーサンフェルガーは近づいてきて、カーセルプン人をしばらく見ていた。やがて、ベッチデ人たちのほうに向きを変えた。

「われわれの支援政策の成果だ。われわれの介入なくしては、あの者たちは数百年で飢え死にしていただろう」

それはどうだろうか。マラガンはそう思ったが、反論しなかった。

「すばらしい成果ですね」マラガンは認めた。「きていただけてよかった、指揮官。ちなみに、あとで通信連絡しようと思っていたのですが」

「もう必要ない」ハーサンフェルガーははねつけた。

「われわれに関するクランからの新しい指示が、もうとどいたのですか？」マラガンはたずねた。

指揮官の表情がはっきりと曇った。

「ジョンスがリレー・ステーション経由でまた連絡してきた。きみたちをけっしてどこにも行かせてはならないという。カーセルプンにとどめおくようにと」

「どのくらいの期間？」

「それはいわなかった。わたしが思うには、永久に」

「終身追放の理由がない」マラガンは強く抗議した。「それに、ひとつ質問があります。そもそも、そのような重要な決定をする権利がジョンスにあるんですか？」

ハーサンフェルガーはどうやらとまどっている。

「賢人の使者だったら、あるかもしれない」

「使者だったら……？」マラガンは〝だったら〟をゆっくりと強調した。それがスカウティとファドンの注意をひいた。チェルソヌールも聞き耳をたてる。

ハーサンフェルガーはしばらく畑仕事に忙しい原住種族を見ていた。やがて、気力を奮いおこしたように説明をはじめた。

「わたしは第十七艦隊ネストの指揮官ケロスと連絡をとった。指揮官はジョンスをあまり高く評価していないが、本当に賢人の使者であることは明言した。ただ、きみたちをネストであれほど丁重かつ親切にあつかったジョンスが、なぜここに降ろしたか、理解できないといっている」

「いくつかの推論はできるが、よくわからない行動なんですよ、ハーサンフェルガー。ジョンスは第十七艦隊ネストでは、われわれをクランにできるだけ早く送ることを命がけでやっているようでした。なのに、ここに追放したんです。われわれの素性を思い違いしたか、あるいは、こちらがジョンスの素性を思い違いしたか」

ハーサンフェルガーはショックをうけたようだった。

「いや、それはありえない！　だれも賢人の使者を自称したりしない。たしかにジョンスはまだ非常に若く、なぜ使者にされたのかはわからないが。もしかしたら、賢人と親しいのかもしれない」

「そうでないことを、われわれは知っています」マラガンは指揮官に第二のショックをあたえた。「かれが自分でいっていました。この話のもっとも驚くところは、われわれのほうが賢人と親しいとジョンスが思っていたことなんです。われわれが自分の思っているような人物ではないことを知って、ジョンスはわれわれをここへ送ったんだ。いまあなたはすべてを知りました、ハーサンフェルガー。よく考えてください。公爵たちが賢人の使者の奇妙な行動を知ったら、どうなるか……」

ハーサンフェルガーは驚いてあとずさった。

「この基地の指揮官であるわたしさえ、賢人の使者を批判したり、その権限に疑念を持つことは不可能だろう」

マラガンはほほえんだ。

「匿名の情報で充分じゃないですか」

「ぜったいだめだ！」指揮官は拒否した。しかし、その顔には自信のなさと疑念が浮かんでいる。ハーサンフェルガーは急に話題を変えた。「倉庫には植物の種の備蓄がたくさんあるんだ、チェルソヌール。きみは原住種族の指導者にならないか？　数年後には根菜だけでなく、べつの食糧も必要になるだろう」

指揮官は返事を待たずにグライダーにもどっていった。ターツ二体と乗りこんで、基地のほうに飛びたつ。

スカウティがいった。

「驚いたわ、サーフォ。ダブル・スプーディの効果がもうあらわれたみたい。でも、ちょっと考えさせたのはあなたね」

「もちろん、効果があらわれたんだ！」チェルソヌールは感激して叫んだ。「こんなに早く働きはじめるとは、考えていなかった。気分はどうだ、マラガン？」

　マラガンは曖昧なしぐさをした。

「いつもと変わらない。ただ、なにもせずにこれ以上待っていられない気がするだけだ。それは知能指数の上昇とはなんの関係もない」

「しかし、生意気さに磨きがかかってきたな」ファドンは新しい状況を遠慮なく評価した。「それで成果があるかどうか、見ものだ」

「そのうちわかるさ」マラガンはつぶやいて、原住種族のところへ行った。

そのあたりにあった鍬のひとつをとって、乾燥した土地を耕しはじめた。命がけのように。

＊

　翌日、カーセルプン人たちがファドンの助けで用水路をつくっているあいだ、マラガンはポンプを設置した。泉はそれほど深くない。しかし、チェルソヌールは乾季でもほとんど水位がさがらないと保証した。

　ポンプが動きだし、水が用水路をはしり、畑に流れこむと、カーセルプン人もひとりのこらずどういうことか理解したらしい。だれもが歓声をあげて、クラン人とベッチデ人たちをとりかこんだ。

チェルソヌールはとうとうグライダーに避難して、「いっしょにお祝いすればいい」と、エンジンのスイッチをいれた。「わたしは宿営地ですることがある。もうすこし畑を掘りおこしてくれ。種を持ってくるから」

「そんな無責任な！」グライダーが高原に向かってゆっくりと移動しているとき、スカウティは怒った。「どうやってここでお祝いしろというのか、教えてほしいわ」

「ハーサンフェルガーがきょう姿を見せるかどうか、楽しみだ」マラガンはつぶやいた。

「しかし、考えごとにあと何日かどうしても必要だろう」

「結果が出ないままだったらどうする？」ファドンがたずねた。

「そうしたら、チェルソヌールから手にいれたカードを出す」

「どういうことだ？」

「きのうハーサンフェルガーにはいくつかのことをほのめかしておいた。次は、われわれが賢人の秘密代理人ではないかと、頭を悩ませることになるだろう。それとなくヒントをあたえておいたから、われわれが本当は公爵たちの命で艦隊の忠誠心と出撃態勢を調査しにきたのではないかと、疑念を芽生えさせたはず。まさに、われわれがクラトカンで疑われたことだ。ただ、あのときとは状況は違うが」

「かなり巧妙だな」ファドンも認めざるをえなかった。

マラガンはにやりと笑った。

「しかし、われわれでなくて、あのチェルソヌールが指揮官におとりの餌を投げたのだとしたら、もっと巧妙といえるだろう。チェルソヌールが偶然われわれの話を耳にしたことにして、それを義務感からハーサンフェルガーに教えるんだ。そうすれば、さらにもっともらしくなると思う」

「二匹めのスプーディをいれてよかったわね」スカウティがそっけなくつけくわえた。

「きょうのうちにチェルソヌールに話すの？」

「もどってきたらすぐに」

気温がさらに上昇する午後は作業ができない。原住種族たちは小屋にひきあげた。マラガン、スカウティ、ファドンは木かげで横になる。

平地に黒い点があらわれ、すばやく近づいてきたときは、また元気を回復していた。チェルソヌールが種のはいった金属の箱とべつの道具を持ってくる。

「宿営地ではなにも新しいことはない。指揮官は見かけなかったが、数日中に最初の補給船が到着するという話を聞いた」チェルソヌールはマラガンに意味ありげな視線を投げた。「気にならないのか？」

マラガンはうなずいた。

「あなたと話をしなければならない」しずかにいった。

7

ハーサンフェルガーはカーセルプンでの自分の任務に満足していなかった。義務感でやっている。ほかに選択肢がなかったからだ。できるかぎりきちんとやっていたが、熱心ではなかった。公爵たちの注意を自分に向けるような特別なことをするというひそかな野望は、この惑星のようなところでは実現できない。賢人の使者ジョンスから追放者三人をまかせられても、いまの状況が変わることはないだろう。

それとも、変わるのか？

あの半人前の賢人の使者は、よく考えるとどうもあやしい。第十七艦隊ネストの指揮官もそう思ったのだから、それはもう立証されたようなものだ。しかし、使者ではないのに、みずから使者と名のる者がいるだろうか。そうはっきりとネストの指揮官に異議をとなえるべきだった。

だめだ、この問題は自分には厄介すぎる。まるで熱した鉄のようだ。うっかり手を出したら、指だけでなく毛皮ぜんぶを焼いてしまう。

保護をまかされているベッチデ人たちのことを考えた。公爵たちがクラン人ではなく、べつの種族の者を助言者にしたという噂をかつて耳にした。くわしいことはわからないが、場合によってはそれがあの追放者三人ということもありえる。

この考えが頭からはなれず、不安になった。

ハーサンフェルガーの考えごとは突然、中断された。チェルソヌールがたずねてきたからだ。最初は時間がないといって追いかえそうと思ったが、そのあと考えなおした。あの老クラン人はなんといっても、ずっとベッチデ人たちといっしょにいるのだ……

「どうぞ！」インターカム装置に向かっていった。

チェルソヌールは自分の役をうまく、しかも説得力をもって演じた。楽しかったからだ。それに、マラガンとその友が不当にあつかわれているとも思っていた。そもそも、だれがどういう理由で三人のクラン行きをじゃましたのだろう？

チェルソヌールは作業の報告をはじめた。原住種族と仕事で力をあわせたことを強調し、ベッチデ人への賞讃もさりげなくつけくわえる。三人は公国のために行動し、星間帝国のために力をつくしている、と。

「はじめはジョンスが間違って三人をここに降ろしたのではないかと思っていました」

チェルソヌールは声を殺していった。ハーサンフェルガーに秘密めかした視線を送る。

「いまは考えを変えましたが」

ハーサンフェルガーは自分の推測が正しかったと思った。

「どういうことだ？」慎重にたずねた。恥をさらしたくなかったのだ。「なぜ考えを変えたんだ？」

「賢人の使者ともあろうものが、はっきりとした計画もなくそのような重大なミスをおかすことはありません。その計画はクランが承認した……それどころか、クランがつくったもの。換言すれば、ジョンスは公爵たちにたのまれて行動したのです」

「しかし、いったいどういうことだ？」チェルソヌールがほのめかしたことが自分の考えに近かったのに、指揮官は驚いてみせた。「公爵たちの計画とは？」

「それはただの仮定にすぎません」チェルソヌールはすぐに調子を落とした。「しかし、その仮定でいくつかのことが説明できます。たとえば、ベッチデ人たちがしばらく第十七艦隊ネストにいたこと。ジョンスによって連れだされ、ちょっと聞くともっともな理由でここにふたたび降ろされたこと。そこから、三人が公爵たちの命でなにか調査するようにいわれていたという想定が生まれる。的はずれでしょうか？」

「もちろん、的はずれではない」ハーサンフェルガーは急いでいった。「しかし、それは仮定にすぎないし、それ以上ではない。調査のことだが、わたしはかくすべきことはなにもない、チェルソヌール。わたしの忠誠はだれが見ても明らかだろう」

「それはだれも疑わないでしょうから、ベッチデ人の〝訪問〟にはほかの理由があるのかもしれません。あるいはあなたでなく、ジョンスをためそうとしているのかも……」

「それは信じがたい」ハーサンフェルガーは確信をもって相手の話をさえぎった。

「そうでしょうか？」

指揮官はチェルソヌールを探るように見つめてかぶりを振った。だが、疑念がのこっているのがうかがえる。

チェルソヌールは立ちあがった。

「あなたを不安にさせるつもりはありません、ハーサンフェルガー。しかし、このところ、あることが頭からはなれないのです。わたしの疑念が的はずれでなければ、ベッチデ人たちは素性をけっして明らかにしないでしょう。しかし、それは自分たちの望みをかなえる駆けひきを心得た、うまい方策かもしれません。そこを考えたほうがいい。わたしはこれで失礼します。新しく設置する畑のために、まだ数メートルの水路が必要なので……」

ハーサンフェルガーはこの日、まだしばらくデスクの向こうにすわっていた。しかし、考えごとの結論は出なかった。

＊

サーフォ・マラガンの行動意欲は妙に盛りあがっていた。原住種族の畑でとりつかれたように作業にはげんでいる。その熱中ぶりを見ると、わずかな誘因で感情を爆発させないために、気持ちをしずめているのではないかと疑いたくなるほどだ。最終的な灌漑《かんがい》システムの計画もマラガンによるものだ。それはチェルソヌールでさえ感心するほど、よく考えられていた。

「信じられない！　この計画をしあげるのに、わたしなら数週間かかるかもしれない」

マラガンはカーセルプンをなにがなんでも早くはなれると決意していた。そのため、難破船に行って、司令室の壊れた機械を検査した。搭載艇をふたたび出発可能にできないかと思ったのだ。クラン人の倉庫には充分に補完部品がある。

夜になって村にもどってくると、スカウティの反論をきびしくはねつけた。

「チェルソヌールはハーサンフェルガーのところでうまくやったかもしれないが、指揮官が決心するまでには多くの時間がかかる。その時間がわれわれにはないんだ。わたしは難破船を調べた。きっと、一週間ほどですくなくとも試験飛行ができるところまで準備できると思う。着陸脚はなしですませ、もっとも重要な装置はとりかえる」

「なんのために試験飛行をするんだ？」ブレザー・ファドンがたずねた。

「ハーサンフェルガーに対するデモンストレーションだ、ブレザー。そうすれば、これまでよりもいくらか急いで考えようとするだろう」

樹の幹にすわっていたチェルソヌールはいった。

「一週間は長すぎる。最初の補給船が数日中には到着するからだ。わたしはあす宿営地に行って、きみが望む部品を倉庫で請求しよう。ハーサンフェルガーはサインしなければならないから、こちらの目的がすぐにわかるだろう。質問するだろうから、わたしは適当に答える。この前の話をうまく信じこんでいたら、上からの直接の命令がなくても、公爵たちの意向にそってすぐに行動するだろう。そうすれば……」

「まさにそれを狙っていたんだ」マラガンはほほえんだ。「チェルソヌール、あなたもスプーディを二匹持っていそうだな」

この発言で一瞬の沈黙が生まれたが、それも村はずれからの突然の音で中断された。カーセルプン人数名が鞭《むち》を鳴らしながら、半ダースの若い原住種族を追いたてている。

チェルソヌールは急いで立ちあがった。

「なにをやらかしたか見てみよう。すぐにもどる」

チェルソヌールははげしい身振りをして、大人のカーセルプン人をしきりに説得していた。大人は若者を罰するのをやめた。

チェルソヌールはベッチデ人のところにもどってきて、すわった。その顔を見ると、楽しいのか心配なのか正確にはわからなかった。もしかしたらその両方かもしれない。

「カーセルプン人はまだ修行がたりない」チェルソヌールは畑の方向を指さした。「あの若者たちは、偉大で有名な根っこハンターになりたくて、練習のために根菜をとる競争をしたんだ。残念ながら、全員が同じことを考えた。たいていの根菜がいちばんかんたんに見つかるのは畑だ。あす、また植えなおさなければならない」

＊

マラガンはダブル・スプーディを保持してから数日で、原住種族との意思疎通がだれよりもうまくなった。そこで、若者たちを指導するようにいわれた。それを一時間ほどやってから、作業の開始を指示する。若いハンターたちは新しい根っこをとってくるために、森にはいっていった。

チェルソヌールは宿営地に行った。ベッチデ人たちは待ちきれない。賭けをすればよかったと思った。老クラン人の成果についてそれぞれが違う予想をしていたから。

「もし、チェルソヌールが本当に部品を持ってくるのだったら、あす、ここは適当にやって、難破船にとりくもう」マラガンはきっぱりといって、ふたりに合図してみせた。

「もちろん、船は飛ばないだろう。エンジンがもう直せないからだ。しかし、われわれはハーサンフェルガーだけでなく、チェルソヌールも納得させなければならない」

「わたしたちの意図をとっくに見破っているんじゃない？」

「そうかもしれない。しかし、ダブル・スプーディになにができるかを、本当には知らないんだ。チェルソヌールはわたしのことをかなり信頼しはじめている」

「いつかわたしも二匹めのスプーディをいれよう」ファドンはほんのすこしうらやましげにいった。

スカウティが疑うような視線を投げた。

「どういうつもりだか知らないけど、あなたには役にたたないわね。いまのすばらしい魅力が二倍になるならべつだけど……」

マラガンはにやりと笑って、鍬をとり、ふたたび作業にはげみはじめた。

やがて、午後になった。

もどってきたチェルソヌールにスカウティが最初に気づいた。クラン人は乗り物を森のはしにとめて、降りてくる。ゆっくりと近づいてきた。

「よくがんばったじゃないか！」と、褒めた。なんの気がかりもないようだ。たぶんそうなのだろう。「カーセルプン人たちはここで夜の見張りに立たなければならない。さもないと、けっして作業は完了しない」

マラガンはチェルソヌールのところに行った。

「どうだった？」それだけ質問した。

老クラン人はうしろのグライダーを指さした。

「きみがくまなく探しても、搭載艇に使う部品ひとつ見つからないだろう。指揮官はきみの要求をはっきりと拒否した。修理は不要だという意味深長な理由で。それ以上は聞きだせなかった」

「それだけか？」マラガンは失望をかくさなかった。「それらしいことをいっていなかったのか、なにも？」

「それは考え方しだいだ。あす、きみたちと話したいそうだ。グライダーも一機送ってくる」

「ないよりはましね」やってきたスカウティはいった。

「ちいさなことかもしれないが、きみたちの興味をひきそうなことがひとつある」チェルソヌールは報告をつづけた。「あす、待っていた補給船が到着する。それはあさってふたたび出発する。目的地は残念ながら聞きだすことができなかったが」

この情報にベッチデ人は電流に打たれたようになった。マラガンだけが外見的にはおちついて、

「あすだな」と、しずかにいった。「今夜がカーセルプンでの最後の夜になるか……あるいは、そのあとにずっとつづく日々の一夜になるか。われわれの駆けひきもまったくむだというわけではないだろう」

＊

三人はその晩よく眠れなかった。重苦しい暑さのせいだけではない。スカウティは畑の見張りを監視するといって、何度も起きた。しかし、そのたびに水をかぶるために泉にまでしか行かなかった。

マラガンは暑さにそれほど苦しまなかった。むしろ考えごとに苦しんだ。ハーサンフェルガーとのあすの話のなりゆきをくりかえし考え、さまざまな質問や論拠への答えを自分なりに用意する。可能性のすべてを考慮にいれたことを納得して、やっと眠ることができた。

ファドンはこの夜の眠りをとぎれとぎれに楽しんだ。スカウティが泉からもどってきて、冷たい風をはこんでくると、毎回目がさめた。

たったひとり、なんの問題もないようなのはチェルソヌールだけだった。

*

ハーサンフェルガーの最初の発言からすでに、不安がうかがわれた。これは、マラガンが夜も眠らずあらかじめ考えておいた可能性のひとつだ。

「いいですか、指揮官」マラガンは説得力を持たせる。「もし、賢人の使者ジョンスにミスの責任を押しつけることができるのなら、その命令にしたがうべきでしょう。たとえわたしと友ふたりにとって不利になるとしても、わたしはいいます……われわれがここから出ていくことに、なにが関係するのかを。一方、ジョンスの上には公爵たちがいることも考えていただきたい。ジョンスは公爵たちから指示をうけているのです。どのような指示かあなたは知らないし、われわれがそれを知っていても、けっして洩らすことは許されません。もちろん、そういう事実があるわけではないが」

ハーサンフェルガーは、このまったく情報にもならない情報を頭のなかで整理するのに、しばらく時間が必要だった。その結果、さらに不安になったようだ。

「わたしはけっして賢人の使者が悪意を持っていたとは思わないが」指揮官は念のために自己防衛策を講じる。「それでも、誤解というものを排除することはできない。わたしもちろん誤解をする。わたしは確信を得るためにクランへの連絡をとろうと試みたが、むだだった。いま、わたしは自分の判断力にたよらざるをえない。そもそも、それはわたしの権限をこえる……」

「クランドホル公国すなわちわれわれの星間帝国は、必要なときに自分自身で決断できる指揮官、将校、要員がいたからこそ、設立できたのです」マラガンはすこしおだてておいた。

ハーサンフェルガーは考えた。マラガンは自分をためそうとしているのだ。いま、マラガンが公爵たちから依頼をうけていたことがはっきりした。しかし、あまり早く決断してはだめだ。充分に考えているように見せなくては……

「ジョンスに対する判断は、かれがミスしたというはっきりした根拠がなければ不可能だろう。ジョンスがきみたちへの見方を変えたという意味では、ミスは存在する。かれが見方を変えたことの証人は、第十七艦隊ネストの指揮官ケロスだ」

「それで、結論は？」マラガンは決断を迫った。

「結論……？」ハーサンフェルガーは質問の直接の答えをためらった。「結論は、ジョンスが最初の決断をしたさい……つまり、きみたちを第十七艦隊ネストから移送するときめたさいは、公国の指示で行動したということだ。だが、第二の決断はジョンス自身のもので、クランの承認はなかった」

「論理的かつ知的な結論です、ハーサンフェルガー。ジョンスはわれわれを、実際とは違う何者かだと思いこみました。この点でまさに判断を誤ったのです」

やはりそうか！ハーサンフェルガーは考えた。三人は公爵たちの使者であり、助言者なのだ。わたしは賢人の使者よりも利口だったということ！

「あした補給船が着陸する。それはここから、わたしも知らない目的地に向けて出発する」指揮官はほほえんだ。「機密保持は公国の強みだ、そうだろう？　もしきみたちがその船に乗りこむことを望むなら、船長にたのんでみよう。わたしが責任を負う。これはわたし自身の決断だ」

マラガンは満足を顔に出さなかった。

「いつの日か、艦隊最高司令部があなたを表彰するでしょう」と、しずかに予言する。

「しかし、あなたにはその理由はわからない。だれの指示によるものかも」

「いや、わたしはわかると思う」ハーサンフェルガーは話しあいの終わりの合図のように立ちあがった。

＊

三人はカーセルプンでの最後の夜をチェルソヌールの洞窟ですごした。老クラン人は難破船から極上のごちそうを持ってきて、宴会の用意をする。スカウティが進んで手伝った。

「ついにやりとげたな」チェルソヌールは心からよろこんでいた。「わたしは自分がそれに寄与したことを誇りに思う。しかし、きみたちがたとえだれでも、未来になにが起こっても、わたしにかまわないでくれ。ここはわたしが発見した惑星だし、わたしはのこりの人生をここですごすつもりだ。きみたちとの出会いは、持論を確認する機会をあたえてくれた。その持論とは、ベッチデ人が特別な存在ということだ」

「そう大げさにいわないでくれ」マラガンはたのんだ。「われわれは運がよかった。それだけのこと」

「きみはわたしをがっかりさせるつもりか？」チェルソヌールは寛大にほほえんだ。

「けっして。しかし、多くを望みすぎる者は、いつも失望することになる」

チェルソヌールはいまもまだほほえんでいたが、沈黙を通した。

その晩はまだしばらくいっしょにいた。眠りについたのはもう遅い時間だった。

マラガンはなかなか眠れなかった。

あす出発する船がどこに向かうのか知らない。宇宙港にいって船長と話してみたが、はっきりした答えはもらえなかった。前日に友と船内にはいることも許されなかった。これにマラガンは不信感を持った。補給船があす自分たちを乗せずに出発するかもしれないという疑いが心に芽生える。しかし、スカウティがその疑念を吹きとばした。

そんなことを考えてなんになるの？

そう、あした自分たちはカーセルプンをはなれるのだ。永久に。ふたたびここにもどることはないだろう。

村はずれでカーセルプン人ふたりが畑の見張りをしていた。夜もきちんと水が涸《か》れないように気を配っている。いつか、根っこからグリーンの芽が出て、土を押しのけるだろう。その日からもう、飢餓で苦しむ者はいなくなる。

あとがきにかえて

増田久美子

わたしが住んでいる街は雑誌の〈住みたい街〉特集でいつも上位にはいる。以前はごく普通の住宅地だったが、次第に個性豊かな小さな店が増えてきた。〝若い店主が思いをこめて選んだアイテム〟が並ぶようになった。休日にのんびり歩くのにはいいところかもしれない。日常生活とはあまり関係ないものが多いので、通りがかりに店の窓越しのぞくのが、住民としてはせいぜいのつき合いだ。

いかにも、若者が夢を実現しました、というような店が多い。その息吹《いぶき》のおこぼれをもらえる街だから、人気があるのかもしれない。しかし、夢が続く店は少ない。外装は大して変わらないが、いつのまにか並ぶ商品が変わっている。商売を意識してはいないかもしれない。個展のようなのだ。だから、一般商店にありがちな閉店の悲愴感はまったくない。ある日突然、シャッターに〝貸店舗〟の文字と不動産屋の電話番号が貼ってある。夢はどうなったのだろうと、いつも思う。

そんな街並を抜けていくわたしの朝の風景から〝気になるもの〟が消えた。四九二巻の「あとがきにかえて」でふれた個人タクシーは、あれから数回見ただけで、嘘のように姿を現わさなくなった。ローダン・シリーズの読者だったのだろうか。あのおごそかに走るタクシーは、カンフル剤としての自分の役目が終わったことに気づいて、時間帯を変えて出庫するようにしたのだろうか。そんなに気を遣わなくてもよかったのだが……

春になったころ、小さな女の子が前を歩くようになった。真新しい紺色の制服がとてもよく似あう。制帽のしたの長い髪とプリーツスカートの裾を揺らしながら歩いていく。ピカピカの一年生だろう。腕に黄色の交通安全の腕章をつけている。道に出て見おくる母親を振りかえりながら、なんども手をふる。名残《なごり》惜しさを振りきるように、駅に向かう姿がほほえましい、毎朝のわたしの風景となった。

通勤通学のひとびとの後ろ姿に、どれも希望という文字が書かれているような季節だ。そのなかでも、特に目を引く姿だった。まっすぐに前を向き、誇らしさと気負いがあふれ出てくるようだ。学校生活がもの珍しく、楽しくてしかたがないのだろう。鼻歌が聞こえそうな気がする。日ごとに太陽の光が暖かさを増していった。

こちらは大人なので、十メートルほど離れていても、すぐに女の子を追いぬくことになる。当然、そのまま先を歩いていく日が何日か続いた。そのうちに、女の子が追いぬかれそうになると、足を速めていることに気づいた。はじめは、心細いからいっしょに行こうとしているのかとも思った。しかし、けっして人通りが少ないわけではない。ときどき振りかえる。こちらとの距離を測っているらしい。けっして追いぬかれまいとしているのだ。追いつかれそうになると小走りになる。こちらが足を速めると走りだす。しなくてもいい追いかけっこを毎日するはめになった。はじめのうちは子供らしいゲーム感覚の遊びかとも思っていたが、毎回のことにこちらも意識しはじめる。走りだして、追いつけないほどの距離を稼ぎ、力の差を見せつけたいところだが、大人げないようでぐっとこらえた。

だんだんストレスを感じるようになってきた。可愛らしい一年生がライバルになった。朝のほほえましい風景が競歩のレース会場に代わった。朝からこんなことに本気になっている自分に嫌気がさして、道を変えた。これで心穏やかに歩けると思った。ところが、駅につくと女の子が先にいる。姿は見えなかったが、むこうのレースは続いていたようだ。ゴールは改札口となる。女の子がかけ抜ける。

ふと思った。わたしは時計を持っていないこの子のペースメーカーなのかもしれない。判で押したように同じ時間に家を出るので、それを追い越していればけっして電車の時間に遅れることはないのだ。賢い子の役に立っているのかもしれないが、それにしても朝から疲れる。

ゴールデンウィークが明けると、レースの回数が減った。週に二回ほど会わないことがあるようになった。ストレスのもとだったのだが、目の前にあの蝶のような姿がないと寂しい。具合でも悪いのかと心配にもなる。前を歩いているときの様子も変わってきた。見送る母親に手をふる姿は同じだが、歩き方に覇気《はき》がなくなった。少し蛇行するように歩いていく。時おり道路わきの花を見たり、散歩をしている犬をなでたりしている。それでも、こちらを振りかえることは忘れない。ふとわれに返って小走りになる。

はりきっていた通学も疲れてきたのだろう。学校でなにか嫌なことでもあるのだろうか。勝手な想像をしながらも、追いつ追われつのレースは続いていた。もう少し、楽な気分で生きていこうよ、と声をかけたくなるが、変な人だと思われたくないので、やめておく。そして、夏休み明け頃から、まったく姿を見なくなった。引っ越したのかもしれない。

街の景色はなにもかわっていないが、じぶんで勝手に作ったしがらみから解放されて、なにも考えずに歩くのが、これほど心地よいとは思わなかった。自由だと感じる。船の住民でなくてよかった。空がある。恒星……太陽はだいぶ力を失ってきた。もうすぐ、冬がくる。